影子跟讀

N4 日語單字

自信完美發音

地方腔OUT，東京腔IN！

填空測驗、串聯成句，助你單字庫爆滿！

吉松由美, 田中陽子, 西村惠子, 千田晴夫, 林勝田, 山田社日檢題庫小組 ◎合著

影子 跟讀
日本腔 記憶庫
嘴巴

填空 練習
如大腦 語感強化
健身

山田社

如果你覺得學日語像爬山，
這本書就是你的登山杖，
不僅省力，還能讓你一路欣賞風景，
優雅抵達高峰！
專家推薦的「影子跟讀法」
想要口音純正又不用跑日本？
沒問題！自言自語也能成為日語發音高手！
本書「影子跟讀法」與實戰填空測驗，讓你輕鬆告別這些困擾，
真正掌握日語發音與單字應用，讓標準口音從此成為你的拿手絕活！

你是不是也有這些困擾？

◆ 單字背了就忘，記憶像篩子？

◆ 說日語時，老是卡在「嗯 ... 呃 ...」，而且總帶著台式腔？

◆ 寫日語時，腦袋一片空白，字怎麼寫就是想不起來？

◆ 日檢漢字和詞彙題，像是終極魔王，一直困住你？

◆ 文法規則像迷宮，繞來繞去，出口在哪根本搞不懂？

別急！這本書就是為了解決你的日語學習「人生大事」！

本書精華：

√ **影子跟讀法**：你只需像影子般跟隨錄音，一秒模仿專業日籍老師的發音，從聲調、語速到語調，徹底擺脫地方腔，開口就像日本人。

√ **單字魔法變成句子**：單字連成句子，再情境串連，讓單字瞬間活用，學習像走過便利店的日常，不知不覺全吸收。

√ **知道意思還不夠，知道用法才是真功夫**：每個單字的搭配詞、常見短句都一一給你點明，讓你瞬間通透，說日語再也不用詞窮。

√ **填空測驗，馬上驗收學習成果**：長句測驗直接檢驗你的學習成果，文法、會話同步吸收，單字和文法全在腦中排好隊！

√ **50 音順索引，查找超方便**：不懂的單字隨時查，這本書就是你隨身攜帶的日語字典，還方便得很！

日檢不只是記憶力的考驗，還是智慧與技巧的較量！這本書將學習效率拉滿，讓你四效合一，輕鬆致勝考場！別讓壓力阻礙你的腳步，跟著這本書，從此走上日語學習的捷徑，成功考取 N4 不再是遙不可及的夢！

本書特色：

學日語就像磨劍，「影子跟讀法」就是讓你的日語鋒芒畢露的最佳工具！不用出國、不用找語伴，只需聽、模仿、再模仿，你的發音將會純正到令人驚豔！

1. **影子跟讀法：讓聽力更銳利，口音更地道！**

聽力和口音是日語學習的「地獄關卡」？別擔心，影子跟讀法來拯救！聽到一句日語後，像影子一樣一秒內跟著模仿，讓你的發音不知不覺從「台式腔」變成「東京腔」。

模仿的力量：「模仿！模仿！再模仿！」

學會日語如同學騎腳踏車，關鍵就是反覆練習。影子跟讀法的三大效果，讓你聽力、口說都大爆發！

◆ **效果一**：精準發音，完美口音

嘴巴就是「記憶庫」，透過模仿發音和語調，肌肉記住正確的語感。當你自然說出流利日語，大家只會驚呼：「這口音，絕了！」

◆ **效果二**：聽力飛升，考試輕鬆過

擔心聽不懂助詞？影子跟讀法逼你聽出每個細節，考場上不再「卡殼」，聽力題也不再可怕！

◆ **效果三**：口說神速進步，秒變日本人

每天自言自語的練習，讓你的語感像開外掛，口說流暢到連自己都驚訝！

> ## 五步打造完美口音與聽力：
> ### 只需簡單五步，日語發音和聽力即刻升級：

1. **先聽**：理解音檔內容。
2. **搞懂句子**：明白每個單字和文法的意思。
3. **朗讀句子**：大聲讀出來，直到順暢。
4. **模仿練習**：專注發音、語調和節奏。
5. **開始跟讀**：一秒延遲，像影子般緊跟音檔模仿。

例如：

老師唸：「米とみそは、日本の台所になくてはならないものです。」
你跟讀：「（1秒後）米とみそは、日本の台所になくてはならないものです。」

N4 例句和加速版語速訓練，讓你迅速掌握標準日語。不僅聽力猛增，口說也越來越流利，標準的發音變得手到擒來！

2. 長句「填空測驗」，邊填邊學，記憶深入！

學日語最怕什麼？背了單字轉頭就忘！這就是為什麼「長句填空測驗」是你的救星。日檢的題型越來越生活化，我們特別設計了精選長例句，把單字部分挖空，讓你一頁學完後馬上實戰。這種測驗不僅能幫助你立即驗收成果，還讓你針對不熟的地方再度加強。

填空的過程像是大腦的健身房，每次思考動詞和形容詞的變化，你的大腦像在舉重，記憶力和語感會越來越強，讓漢字和單字一旦學會，永不忘記！

3. 生活情境分類，一次搞定各種場合！

日語單字總是混淆不清？別擔心！這本書的情境分類學習法就像是給你裝了一把語言百寶箱。單字按照時間、地理、職業、經濟等情境分類，讓你一次串起整串單字，像打開寶箱一樣，輕鬆將單字與具體生活情境連結起來。

每當你身處某個情境，你的大腦就會自動打開那個「單字庫」，瞬間回憶起相關詞彙，讓你不僅記得單字，還能順口說出來。學日語就像走在記憶的高速公路上，再也不會被拋在後面！

4. 50 音順索引，一點即通，隨時查找

學日語像在闖迷宮，找不到單字讓你頭疼？這本書的 50 音順索引就像你隨身攜帶的「日語指南針」。精選高出題率的單字，去掉冷門字義，留下最實用的意思，讓你以最短時間掌握關鍵詞彙。當你需要快速查找時，這本書就會變成一部日語字典，隨時隨地幫助你，學習效率直線提升！

這不只是一本書，它是你的日語百寶箱，不論何時，只要你翻開它，知識就會自動浮現！

5. 必考短句，讓你秒懂單字的真正用法

知道單字意思，還不夠，真正厲害的是知道如何靈活使用！本書不僅告訴你單字的意思，還精心挑選了常見的「搭配字」和「短句」，讓你瞬間掌握日語在不同情境下的運用。無論是職場對話、旅遊小語，還是考試題目，這些短句都能讓你脫口而出，滿滿實戰感。

這是一場單字的「聯合作戰」，讀完後，你不僅記得單字，還能立即在對話中靈活應用，提升聽說讀寫的四大能力。當你在考場上看到題目時，大腦會自動「解鎖」記憶庫，讓你一目十行，單字瞬間搞定，合格沒難度！

6. 貼心排版，一目瞭然，學習效率加倍

覺得學習材料總是讓人眼花撩亂？這本書用貼心的排版設計，讓你的學習過程像看地圖一樣清晰！單字資訊和短句全都安排在左邊，右邊是長例句練習，無需翻來翻去，學習過程一氣呵成，完全不會被打斷。每頁的設計都精準對應，讓你輕鬆掌握重點，不論是快速複習還是詳細練習，事半功倍，效率大大提升。

右邊的長例句還能變成考題，讓你邊看邊考，隨時檢驗學習成果。
這種設計不僅讓單字吸收變得更容易，
還能讓你在零碎時間裡迅速增進語言能力。
這是一場視覺上的享受，也是大腦的「快樂健身」，
學習日語再也不枯燥，反而充滿樂趣！

使用說明

▷ shadowing 影子跟讀法

透過百分百的模仿，聽力大躍進，練出完美口音。

5 步驟強化聽說力

理解

1 先聽一遍 理解音檔內容。

▶ この仕事(しごと)は、僕(ぼく)がやらなくちゃならない。

內化

2 搞懂句子 仔細閱讀句子，並理解句中的每個單字及文法的意思。

這個　　工作　　　我

▶ この仕事(しごと)は、僕(ぼく)がやらなくちゃならない。

なくてはならない（必須）的口語縮約型，ては→ちゃ

知道句意是：「這個工作非我做不行。」

3 朗讀句子 看著句子，發聲朗讀到流暢。一開始可能會因不熟句子而卡住，反覆多念幾次，直到自然流利。也可以通過掌握句子的文節，了解日本人習慣停頓的地方。例如：

▶ この⌃仕事(しごと)は、⌃僕(ぼく)が⌃やらなくちゃ⌃ならない。

※「⌃」是日本人習慣停頓的地方。

4 邊聽邊練習 複製東京腔，模仿音檔標準發音，專注發音、語調起伏及節奏。可以適時按下暫停，細聽每個文節的念法。▶ ⏸

跟讀

5 開始跟讀 約一秒後如影子般，跟隨在音檔後以同樣的速度，唸出一模一樣的發音和腔調。方式有二：

a. 看日文，約一秒後跟著音檔唸。

b. 不看日文，約一秒後跟著音檔唸。

この仕事(しごと)は、僕(ぼく)がやらなくちゃならない。

（1秒後）この仕事(しごと)は、僕(ぼく)がやらなくちゃならない。

Point **1**　生活情境・串聯應用場合

從「單字→單字成句→情境串連」式學習，啟動聯想，瞬間打開豐富的單字庫。

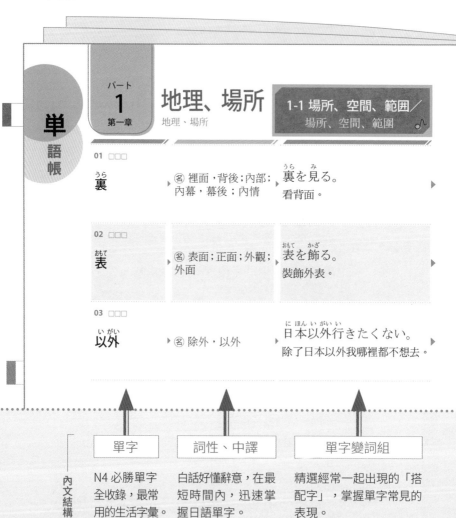

単語帳

パート
1
第一章

地理、場所
地理、場所

1-1 場所、空間、範圍／
場所、空間、範囲

01 □□□

うら
裏
▶ ② 裡面，背後；內部；內幕，幕後；內情

うら み
裏を見る。
看背面。

02 □□□

おもて
表
▶ ② 表面；正面；外觀；外面

おもて かざ
表を飾る。
裝飾外表。

03 □□□

いがい
以外
▶ ② 除外，以外

に ほん い がい い
日本以外行きたくない。
除了日本以外我哪裡都不想去。

單字	詞性、中譯	單字變詞組
N4 必勝單字全收錄，最常用的生活字彙。	白話好懂辭意，在最短時間內，迅速掌握日語單字。	精選經常一起出現的「搭配字」，掌握單字常見的表現。

內文結構

Point 2 長句「填空＋影子跟讀法」強化讀寫及口說能力

精選同級文法和詞彙的「長例句」，透過「填空練習」書寫記憶，以及「影子跟讀法」口說練習，同步強化讀寫及口說能力！

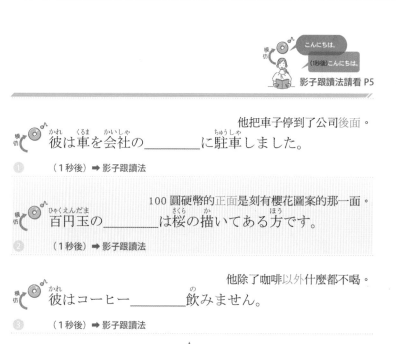

こんにちは。
（1秒後）こんにちは。
模仿
影子跟讀法請看 P5

01
地理、場所

他把車子停到了公司後面。

模仿
彼は車を会社の＿＿＿＿に駐車しました。

① （1秒後）➡ 影子跟讀法

100 圓硬幣的正面是刻有櫻花圖案的那一面。

模仿
百円玉の＿＿＿＿は桜の描いてある方です。

② （1秒後）➡ 影子跟讀法

他除了咖啡以外什麼都不喝。

模仿
彼はコーヒー＿＿＿＿飲みません。

③ （1秒後）➡ 影子跟讀法

| 單字成句 | 情境 |

▸ 長句「填空測驗」是將例句中的單字部分挖空，針對不熟悉的部分再次複習，學完一頁立即驗收成果，再次複習，吸收效果絕佳。

▸「影子跟讀法」連結了聲音聽覺及內容理解，讓您的日語反應能力大幅攀升，學習日本人的發音、語調、速度及口氣…等，聽力也跟著大進步。

依情境主題將單字分類串連。

CONTENTS
目錄

詞性說明

詞性	定義	例（日文／中譯）
名詞	表示人事物、地點等名稱的詞。有活用。	門／大門
形容詞	詞尾是い。說明客觀事物的性質、狀態或主觀感情、感覺的詞。有活用。	細い／細小的
形容動詞	詞尾是だ。具有形容詞和動詞的雙重性質。有活用。	静かだ／安静的
動詞	表示人或事物的存在、動作、行為和作用的詞。	言う／說
自動詞	表示的動作不直接涉及其他事物。只說明主語本身的動作、作用或狀態。	花が咲く／花開。
他動詞	表示的動作直接涉及其他事物。從動作的主體出發。	母が窓を開ける／母親打開窗戶。
五段活用	詞尾在ウ段或詞尾由「ア段＋る」組成的動詞。活用詞尾在「ア、イ、ウ、エ、オ」這五段上變化。	持つ／拿
上一段活用	「イ段＋る」或詞尾由「イ段＋る」組成的動詞。活用詞尾在イ段上變化。	見る／看 起きる／起床
下一段活用	「エ段＋る」或詞尾由「エ段＋る」組成的動詞。活用詞尾在エ段上變化。	寝る／睡覺 見せる／讓…看
下二段活用	詞尾在ウ段・エ段或詞尾由「ウ段・エ段＋る」組成的動詞。活用詞尾在ウ段到エ段這二段上變化。	得（う）る／得到 寝（ね）る／睡覺
變格活用	動詞的不規則變化。一般指カ行「来る」、サ行「する」兩種。	来る／到來 する／做
カ行變格活用	只有「来る」。活用時只在カ行上變化。	来る／到來
サ行變格活用	只有「する」。活用時只在サ行上變化。	する／做
連體詞	限定或修飾體言的詞。沒活用，無法當主詞。	どの／哪個
副詞	修飾用言的狀態和程度的詞。沒活用，無法當主詞。	余り／不太…

副助詞	接在體言或部分副詞、用言等之後，增添各種意義的助詞。	～も ／也…
終助詞	接在句尾，表示説話者的感嘆、疑問、希望、主張等語氣。	か ／嗎
接續助詞	連接兩項陳述內容，表示前後兩項存在某種句法關係的詞。	ながら ／邊…邊…
接續詞	在段落、句子或詞彙之間，起承先啟後的作用。沒活用，無法當主詞。	しかし ／然而
接頭詞	詞的構成要素，不能單獨使用，只能接在其他詞的前面。	<ruby>御<rt>お</rt></ruby>～ ／貴（表尊敬及美化）
接尾詞	詞的構成要素，不能單獨使用，只能接在其他詞的後面。	～<ruby>枚<rt>まい</rt></ruby> ／…張（平面物品數量）
造語成份（新創詞語）	構成復合詞的詞彙。	<ruby>一昨年<rt>いっさくねん</rt></ruby> ／前年
漢語造語成份（和製漢語）	日本自創的詞彙，或跟中文意義有別的漢語詞彙。	<ruby>風呂<rt>ふ ろ</rt></ruby> ／澡盆
連語	由兩個以上的詞彙連在一起所構成，意思可以直接從字面上看出來。	<ruby>赤<rt>あか</rt></ruby>い<ruby>傘<rt>かさ</rt></ruby> ／紅色雨傘 <ruby>足<rt>あし</rt></ruby>を<ruby>洗<rt>あら</rt></ruby>う ／洗腳
慣用語	由兩個以上的詞彙因習慣用法而構成，意思無法直接從字面上看出來。常用來比喻。	<ruby>足<rt>あし</rt></ruby>を<ruby>洗<rt>あら</rt></ruby>う ／脫離黑社會
感嘆詞	用於表達各種感情的詞。沒活用，無法當主詞。	ああ ／啊（表驚訝等）
寒暄語	一般生活上常用的應對短句、問候語。	お<ruby>願<rt>ねが</rt></ruby>いします ／麻煩…

其他略語

呈現	詞性	呈現	詞性
對	對義詞	近	文法部分的相近文法補充
類	類義詞	補	補充説明

N4 題型分析

測驗科目 (測驗時間)			試題內容		
			題型	小題 題數＊	分析
語言知識 (25分)	文字、語彙	1	漢字讀音 ◇	7	測驗漢字語彙的讀音。
		2	假名漢字寫法 ◇	5	測驗平假名語彙的漢字寫法。
		3	選擇文脈語彙 ○	8	測驗根據文脈選擇適切語彙。
		4	替換類義詞 ○	4	測驗根據試題的語彙或說法，選擇類義詞或類義說法。
		5	語彙用法 ○	4	測驗試題的語彙在文句裡的用法。
語言知識、讀解＊ (55分)	文法	1	文句的文法1 （文法形式判斷）	13	測驗辨別哪種文法形式符合文句內容。
		2	文句的文法2 （文句組構） ◆	4	測驗是否能夠組織文法正確且文義通順的句子。
		3	文章段落的文法 ◆	4	測驗辨別該文句有無符合文脈。
	讀解＊	4	理解內容 （短文） ○	3	於讀完包含學習、生活、工作相關話題或情境等，約100~200字左右的撰寫平易的文章段落之後，測驗是否能夠理解其內容。
		5	理解內容 （中文） ○	3	於讀完包含以日常話題或情境為題材等，約450字左右的簡易撰寫文章段落之後，測驗是否能夠理解其內容。
		6	釐整資訊 ◆	2	測驗是否能夠從介紹或通知等，約400字左右的撰寫資訊題材中，找出所需的訊息。
聽解 (35分)		1	理解問題 ◇	8	於聽取完整的會話段落之後，測驗是否能夠理解其內容（於聽完解決問題所需的具體訊息之後，測驗是否能夠理解應當採取的下一個適切步驟）。
		2	理解重點 ◇	7	於聽取完整的會話段落之後，測驗是否能夠理解其內容（依據剛才已聽過的提示，測驗是否能夠抓住應當聽取的重點）。
		3	適切話語 ◆	5	於一面看圖示，一面聽取情境說明時，測驗是否能夠選擇適切的話語。
		4	即時應答 ◆	8	於聽完簡短的詢問之後，測驗是否能夠選擇適切的應答。

＊「小題題數」為每次測驗的約略題數，與實際測驗時的題數可能未盡相同。
　此外，亦有可能會變更小題題數。

＊有時在「讀解」科目中，同一段文章可能會有數道小題。

＊符號標示：「◆」舊制測驗沒有出現過的嶄新題型；「◇」沿襲舊制測驗的題型，但是更動部分形式；「○」與舊制測驗一樣的題型。

資料來源：《關於 N4 及 N5 的測驗時間、試題題數基準的變更》。2020 年 9 月 10 日，
　　　　　取自：https://www.jlpt.jp/tw/topics/202009091599643004.html

N4
情境分類單字

パート
1
第一章

地理、場所
地理、場所

01 ☐☐☐

うら
裏
▸ 图 裡面，背後；內部；內幕，幕後；內情
裏を見る。
看背面。 ▸

02 ☐☐☐

おもて
表
▸ 图 表面；正面；外觀；外面
表を飾る。
裝飾外表。 ▸

03 ☐☐☐

いがい
以外
▸ 图 除外，以外
日本以外行きたくない。
除了日本以外我哪裡都不想去。 ▸

04 ☐☐☐

うち
内
▸ 图 …之內；…之中
内からかぎをかける。
從裡面上鎖。 ▸

05 ☐☐☐

ま なか
真ん中
▸ 图 正中間
テーブルの真ん中に置く。
擺在餐桌的正中央。 ▸

06 ☐☐☐

まわ
周り
▸ 图 周圍，周邊
学校の周りを走る。
在學校附近跑步。 ▸

07 ☐☐☐

あいだ
間
▸ 图 期間；間隔，距離；中間；關係；空隙
家と家の間に細い道がある。
房子之間有小路。 ▸

他把車子停到了公司後面。

彼は車を会社の_____に駐車しました。

① （1秒後）➡ 影子跟讀法

100 圓硬幣的正面是刻有櫻花圖案的那一面。

百円玉の_____は桜の描いてある方です。

② （1秒後）➡ 影子跟讀法

他除了咖啡以外什麼都不喝。

彼はコーヒー_____飲みません。

③ （1秒後）➡ 影子跟讀法

一天３餐，其中兩餐要吃魚喔。

１日３回の食事の_____、２回は魚を食べましょう。

④ （1秒後）➡ 影子跟讀法

請把麵包盤端來，擺在餐桌的正中央。

パンのお皿を持ってきて、テーブルの_____においてください。

⑤ （1秒後）➡ 影子跟讀法

在書店大聲讀出聲音，會打擾到周遭的人。

本屋で声を出して読むと_____のお客様に迷惑です。

⑥ （1秒後）➡ 影子跟讀法

請問上次借的書已經看完了嗎？

この_____お貸しした本、もうお読みになりましたか。

⑦ （1秒後）➡ 影子跟讀法

④ うち　　⑤ 真ん中　　⑥ 周り　　⑦ 間

08 ☐☐☐

すみ
隅 ▸ 名 角落 ▸ 隅から隅まで探す。
找遍了各個角落。 ▸

09 ☐☐☐

てまえ
手前 ▸ 名・代 眼前；靠近自己這一邊；（當著…的）面前；我（自謙）；你（同輩或以下） ▸ 手前にある箸を取る。
拿起自己面前的筷子。 ▸

10 ☐☐☐

てもと
手元 ▸ 名 身邊，手頭；膝下；生活，生計 ▸ 手元にない。
手邊沒有。 ▸

11 ☐☐☐

こっち
此方 ▸ 名 這裡，這邊 ▸ こっちの方がいい。
這邊比較好。 ▸

12 ☐☐☐

どっち
何方 ▸ 代 哪一個 ▸ どっちへ行こうかな。
去哪一邊好呢？ ▸

13 ☐☐☐

とお
遠く ▸ 名 遠處；很遠 ▸ 遠くから人が来る。
有人從遠處來。 ▸

14 ☐☐☐

ほう
方 ▸ 名 …方，邊；方面；方向 ▸ 庭が広いほうを買う。
買院子比較大的。 ▸

参考答案　❶ すみ 隅　　❷ てまえ 手前　　❸ てもと 手元

那個人偶布滿了灰塵，站在房間的角落。

模仿 その人形は、ほこりをかぶって部屋の＿＿＿＿に立っていた。

① （1秒後）➡ 影子跟讀法

從大阪旅館的招牌再往前一點，就是公園的入口。

模仿 ホテル大阪の看板の少し＿＿＿＿が公園の入り口になります。

② （1秒後）➡ 影子跟讀法

請看手邊的企畫書。

模仿 お＿＿＿＿の企画書をご覧ください。

③ （1秒後）➡ 影子跟讀法

颱風可能會撲向這邊。

模仿 台風が＿＿＿＿に来そうです。

④ （1秒後）➡ 影子跟讀法

這件和這件，該買哪一件裙子呢？

模仿 こっちとこっち、＿＿＿＿のスカートにしよう。

⑤ （1秒後）➡ 影子跟讀法

能夠遠遠地眺望山景。

模仿 ＿＿＿＿に山が見えます。

⑥ （1秒後）➡ 影子跟讀法

現在比起甜食，更喜歡吃辛辣（這方面）的東西。

模仿 今は甘いものより辛いものの＿＿＿＿が好きです。

⑦ （1秒後）➡ 影子跟讀法

④ こっち　　⑤ どっち　　⑥ 遠く　　⑦ 方

017

15 ☐☐☐

空く <small>あ</small>

（自五）空著；（職位）空缺；空隙；閒著；有空

席が空く。<small>せき あ</small>
空出位子。

1-2 地域／
地域

---

01 ☐☐☐

地理 <small>ち り</small>

▶ （名）地理

地理を研究する。<small>ち り けんきゅう</small>
研究地理。

---

02 ☐☐☐

社会 <small>しゃかい</small>

▶ （名）社會，世間

社会に出る。<small>しゃかい で</small>
出社會。

---

03 ☐☐☐

西洋 <small>せいよう</small>

▶ （名）西洋

西洋文明を学ぶ。<small>せいようぶんめい まな</small>
學習西方文明。

---

04 ☐☐☐

世界 <small>せ かい</small>

▶ （名）世界；天地

世界に知られている。<small>せ かい し</small>
聞名世界。

---

05 ☐☐☐

国内 <small>こくない</small>

▶ （名）該國內部，國內

国内旅行をする。<small>こくないりょこう</small>
國內旅遊。

参考答案　❶ 空いて <small>あ</small>　❷ 地理 <small>ち り</small>　❸ 社会 <small>しゃかい</small>

影子跟讀法請看 P5

完全沒有空位，沒辦法坐。

席が全然_____いなくて、座れなかった。

① （1秒後）➡ 影子跟讀法

我不喜歡讀地理和歷史之類的社會科。

_____とか歴史とか、社会科は好きじゃありません。

② （1秒後）➡ 影子跟讀法

大學畢業後進入社會。

大学を卒業して_____に出る。

③ （1秒後）➡ 影子跟讀法

在西洋料理當中，你喜歡哪一種呢？

_____料理の中で、どの料理が好きですか。

④ （1秒後）➡ 影子跟讀法

我想去許多國家來認識這個世界。

_____を知るために、いろいろな国へ行ってみたい。

⑤ （1秒後）➡ 影子跟讀法

暑假在國內旅遊的人數遠遠超過出國旅遊的人數。

夏休みに_____旅行に行く人は海外旅行を大きく上回る。

⑥ （1秒後）➡ 影子跟讀法

④ 西洋　　⑤ 世界　　⑥ 国内

06 ☐☐☐

むら
村 　▸ 图 村莊，村落；鄉

ちい　　むら　　す
小さな村に住む。
住小村莊。 ▸

07 ☐☐☐

いなか
田舎 　▸ 图 鄉下，農村；故
鄉，老家

いなか　　かえ
田舎に帰る。
回家鄉。 ▸

08 ☐☐☐

こうがい
郊外 　▸ 图 郊外

こうがい　　す
郊外に住む。
住在城外。 ▸

09 ☐☐☐

しま
島 　▸ 图 島嶼

しま　　わた
島へ渡る。
遠渡島上。 ▸

10 ☐☐☐

かいがん
海岸 　▸ 图 海岸

かいがん　　つ
海岸で釣りをする。
在海邊釣魚。 ▸

11 ☐☐☐

みずうみ
湖 　▸ 图 湖，湖泊

おお　　　　みずうみ
大きい湖がたくさんある。
有許多廣大的湖。 ▸

12 ☐☐☐

あさ
浅い 　▸ 圏 淺的；(事物程度)
微少；淡的；薄的

あさ　　かわ　　およ
浅い川で泳ぐ。
在淺水河流游泳。 ▸

參考答案　　❶ むら
村　　　❷ いなか
田舎　　　❸ こうがい
郊外

這陣子開始有愈來愈多年輕人回到村子裡工作了。

近頃、_____に戻って働き始める若者が多くなってきた。

① （1秒後）➡ 影子跟讀法

等我上了年紀以後想住在鄉下。

年を取ったら、_____に住みたいです。

② （1秒後）➡ 影子跟讀法

住在郊外真有些不方便。

_____に住むのはちょっと不便ですね。

③ （1秒後）➡ 影子跟讀法

日本的島嶼多達 6852 座。

日本の_____の数は 6852 もあるということです。

④ （1秒後）➡ 影子跟讀法

從旅館到海邊只距離 300 公尺。

ホテルから_____まで 300 メートルしかありません。

⑤ （1秒後）➡ 影子跟讀法

琵琶湖是日本的第一大湖。

琵琶湖は日本で一番大きい_____です。

⑥ （1秒後）➡ 影子跟讀法

我才剛到公司上班不久，所以還沒有分派到負責的客戶。

入社してから日が_____ため、まだ担当はもっておりません。

⑦ （1秒後）➡ 影子跟讀法

④ 島　　⑤ 海岸　　⑥ 湖　　⑦ 浅い

13 □□□

アジア ▶ 名 Asia・亞洲 ▶ アジアに住^すむ。
住在亞洲。 ▶

14 □□□

アフリカ ▶ 名 Africa・非洲 ▶ アフリカに遊^{あそ}びに行^いく。
去非洲玩。 ▶

15 □□□

アメリカ ▶ 名 America・美國 ▶ アメリカへ行^いく。
去美國。 ▶

16 □□□

^{けん}
県 ▶ 名 縣 ▶ 神奈川県^{かながわけん}へ行^いく。
去神奈川縣。 ▶

17 □□□

^し
市 ▶ 名 …市 ▶ 台北市^{タイペイし}を訪^{たず}ねる。
拜訪台北市。 ▶

18 □□□

^{ちょう}
町 ▶ 名・漢造 鎮 ▶ 石川町^{いしかわちょう}に住^すんでいた。
住過石川町。 ▶

19 □□□

^{さか}
坂 ▶ 名 斜坡 ▶ 坂^{さか}を下^おりる。
下坡。 ▶

参考答案　❶ アジア　　❷ アフリカ　　❸ アメリカ

這種商品的外銷範圍遍及亞洲，甚至遠至非洲。

① この製品は_____から、アフリカまで輸出されて
います。

（1秒後）➡ 影子跟讀法

第一次出國旅遊去了非洲。

② 初めての海外旅行は、_____に行きました。

（1秒後）➡ 影子跟讀法

聽說你明年要到位在美國的公司上班吧。

③ 来年から_____にある会社に行くそうですね。

（1秒後）➡ 影子跟讀法

據說日本有 47 個都道府縣。

④ 日本の都道府_____は 47 あるそうです。

（1秒後）➡ 影子跟讀法

垃圾請裝在市政府規定的袋子裡再拿出來丟。

⑤ ゴミは、_____が決めた袋に入れて出しなさい。

（1秒後）➡ 影子跟讀法

他被選為松木鎮的鎮長。

⑥ 彼は松の木_____の町長に選ばれた。

（1秒後）➡ 影子跟讀法

那男人上氣不接下氣地爬上了山坡。

⑦ 男が息を切らせて、_____を登ってきた。

（1秒後）➡ 影子跟讀法

④ 県　　⑤ 市　　⑥ 町　　⑦ 坂

時間

時間

01 □□□

さっき ▶ (名・副) 剛剛，剛才 ▶ さっきから待_まっている。
従剛才就在等著你。 ▶

02 □□□

夕_{ゆう}べ ▶ (名) 昨晩；傍晩 ▶ 夕_{ゆう}べはありがとうございました。
昨晩謝謝您。 ▶

03 □□□

この間_{あいだ} ▶ (副) 最近；前幾天 ▶ この間_{あいだ}借_かりたお金_{かね}を返_{かえ}す。
歸還上次借的錢。 ▶

04 □□□

最近_{さいきん} ▶ (名・副) 最近 ▶ 彼_{かれ}は最近結婚_{さいきんけっこん}した。
他最近結婚了。 ▶

05 □□□

最後_{さいご} ▶ (名) 最後 ▶ 最後_{さいご}に帰_{かえ}る。
最後一個離開。 ▶

06 □□□

最初_{さいしょ} ▶ (名) 最初・首先 ▶ 最初_{さいしょ}に校長_{こうちょう}の挨拶_{あいさつ}がある。
首先由校長致詞。 ▶

07 □□□

昔_{むかし} ▶ (名) 以前 ▶ 昔_{むかし}の友達_{ともだち}と会_あう。
跟以前的朋友碰面。 ▶

参考答案　① さっき　② 夕_{ゆう}べ　③ この間_{あいだ}

我才剛到。

_____来たばかりです。

① （1秒後）➡ 影子跟讀法

昨天深夜收到一通陌生號碼打來的電話，我沒有接聽。

_____遅く電話がかかってきたが、知らない番号だったので、出なかった。

② （1秒後）➡ 影子跟讀法

上次借的錢，你應該可以還了吧？

_____貸したお金、返してもらえるんでしょうね。

③ （1秒後）➡ 影子跟讀法

近來的年輕人成天抱怨連連。

_____の若い人は、文句ばかり言う。

④ （1秒後）➡ 影子跟讀法

最後離開的人請關室內燈。

_____に帰る人は、部屋の電気を消してください。

⑤ （1秒後）➡ 影子跟讀法

直走，在第一個街角右轉。

まっすぐ行って、_____の角を右に曲がります。

⑥ （1秒後）➡ 影子跟讀法

這座城鎮變得非常安靜，和以前不一樣了。

この町は、_____と違ってとても静かになりました。

⑦ （1秒後）➡ 影子跟讀法

④ 最近　　　⑤ 最後　　　⑥ 最初　　　⑦ 昔

025

08 □□□

ただいま　ただいま
唯今・只今　　副 現在；馬上・剛才；
　　　　　　　　　　我回來了

ただいまお調べします。
現在立刻為您查詢。

09 □□□

こんや
今夜　　名 今晚

こんや　　　　　と
今夜はホテルに泊まる。
今晚住飯店。

10 □□□

あす
明日　　名 明天

あす　　あさしゅっぱつ
明日の朝出発する。
明天早上出發。

11 □□□

こんど
今度　　名 這次；下次；以
　　　　　　後

こんど　たく　あそ　い
今度お宅に遊びに行って
もいいですか。
下次可以到府上玩嗎？

12 □□□

さ らいげつ
再来月　　名 下下個月

さ らいげつ　　　あ
再来月また会う。
下下個月再見。

13 □□□

さ らいしゅう
再来週　　名 下下星期

さ らいしゅう　　ま
再来週まで待つ。
等到下下週為止。

14 □□□

しょうらい
将来　　名 將來

しょうらい　　がいこく　はたら
将来は外国で働くつもり
です。
我將來打算到國外工作。

参考答案　❶ ただいま　　❷ 今夜　　❸ 明日

現在立刻為您查詢，敬請稍候。

_____ お調べしますので、お待ちください。

① （1秒後）➡ 影子跟讀法

今天晚上一起去喝兩杯吧！

_____、飲みに行こうよ。

② （1秒後）➡ 影子跟讀法

我明天下午不在家。

_____の午後は、家におりません。

③ （1秒後）➡ 影子跟讀法

我打算在這個週末看全套共 28 集的漫畫。

_____の土日は、全 28 巻の漫画を読もうと思っている。

④ （1秒後）➡ 影子跟讀法

下下個月就要結婚了，現在還在找婚宴地點。

_____結婚するので、今会場を探しているところです。

⑤ （1秒後）➡ 影子跟讀法

等下下星期票券送來之後再拿去學校轉交給你。

_____、チケットが送られてきたら、学校で渡します。

⑥ （1秒後）➡ 影子跟讀法

將來他會成為了不起的人吧！

_____は、立派な人におなりになるだろう。

⑦ （1秒後）➡ 影子跟讀法

④ 今度　⑤ 再来月　⑥ 再来週　⑦ 将来

単
語
帳

2-2 時間、時、時刻／
時間、時候、時刻 ♪

01 □□□

とき
時 ▸ 名 …時・時候

あの時はごめんなさい。
當時真的很抱歉。 ▸

02 □□□

ひ
日 ▸ 名 天・日子

日が経つのが早い。
時間過得真快。 ▸

03 □□□

とし
年 ▸ 名 年齢；一年

私も年をとりました。
我也老了。 ▸

04 □□□

はじ
始める ▸ 他下一 開始；開創；發（老毛病）

昨日から日本語の勉強を始めました。
從昨天開始學日文。 ▸

05 □□□

お
終わり ▸ 名 結束，最後

番組は今月で終わる。
節目將在這個月結束。 ▸

06 □□□

いそ
急ぐ ▸ 自五 快，急忙，趕緊

急いで逃げる。
趕緊逃跑。 ▸

07 □□□

す
直ぐに ▸ 副 馬上

すぐに帰る。
馬上回來。 ▸

 參考答案　❶ とき　❷ 日　❸ 年

買鞋子的時候最好試穿，並且走幾步看看比較好喔！

靴を買う＿＿＿＿＿＿＿は、履いて少し歩いてみるといい
ですよ。

（1秒後）➡ 影子跟讀法

那一天，父親離開家就沒再回來了。

その＿＿＿＿＿＿＿、父は家を出たまま、帰らなかった。

（1秒後）➡ 影子跟讀法

立春的前一天最好吃下和年紀相同數量的豆子。

節分には、＿＿＿＿＿＿＿の数だけ豆を食べるとよい。

（1秒後）➡ 影子跟讀法

因為想要改變自己，所以打算開始學習英語會話。

自分を変えたいから、英会話を＿＿＿＿＿＿＿ようと思っ
ています。

（1秒後）➡ 影子跟讀法

終了是指結束的意思。

最終は＿＿＿＿＿＿＿という意味です。

（1秒後）➡ 影子跟讀法

不好意思，請問什麼時候可以完成呢？我時間有點趕。

あの、これ、いつできますか。ちょっと＿＿＿＿＿＿＿る
んですけど。

（1秒後）➡ 影子跟讀法

電車正要啟動，卻又馬上停了下來。

電車は、動き出したと思ったら、また＿＿＿＿＿＿＿止まった。

（1秒後）➡ 影子跟讀法

---

4 始め　　　5 終わり　　　6 急いで　　　7 すぐに

08 □□□

間に合う
<ruby>ま<rt></rt></ruby><ruby>あ<rt></rt></ruby>
▶ 〔自五〕 來得及，趕得上；夠用

飛行機に間に合う。
趕上飛機。

09 □□□

朝寝坊
<ruby>あさ ね ぼう<rt></rt></ruby>
▶ 〔名・自サ〕 賴床；愛賴床的人

朝寝坊して遅刻してしまった。
早上睡過頭，遲到了。

10 □□□

起こす
<ruby>お<rt></rt></ruby>
▶ 〔他五〕 扶起；叫醒；發生；引起；翻起

明日7時に起こしてください。
請明天7點叫我起來。

11 □□□

昼間
<ruby>ひる ま<rt></rt></ruby>
▶ 〔名〕 白天

昼間働いている。
白天都在工作。

12 □□□

暮れる
<ruby>く<rt></rt></ruby>
▶ 〔自下一〕 日暮，天黑；到了尾聲，年終

秋が暮れる。
秋暮。

13 □□□

此の頃
<ruby>こ<rt></rt></ruby><ruby>ごろ<rt></rt></ruby>
▶ 〔副〕 最近

このごろ元気がないね。
最近看起來沒什麼精神呢。

14 □□□

時代
<ruby>じ だい<rt></rt></ruby>
▶ 〔名〕 時代；潮流；歷史

時代が違う。
時代不同。

參考答案　　❶ 間に合いませんでした　　❷ 朝寝坊した　　❸ 起こす

我都已經搭計程車去了，還是來不及趕上酒會。

タクシーで行ったのに、パーティーに＿＿＿＿＿＿。

① （1秒後）➡ 影子跟讀法

早上睡過頭了，結果來不及搭上新幹線。

＿＿＿＿＿＿せいで、新幹線に乗れなかった。

② （1秒後）➡ 影子跟讀法

在日本自古遙傳鯰魚一但異常暴動就會引起地震。

昔、日本では、鯰が地震を＿＿＿＿＿＿と言われていました。

③ （1秒後）➡ 影子跟讀法

原本以為白天時段會很擁擠，結果一個人也沒有。

＿＿＿＿＿＿だから込んでいると思いましたが、一人もいませんでした。

④ （1秒後）➡ 影子跟讀法

太陽都下山了，孩子還沒有回來。

日が＿＿＿＿＿＿のに、子どもが帰って来ません。

⑤ （1秒後）➡ 影子跟讀法

最近不是地震就是颱風，好恐怖喔！

＿＿＿＿＿＿、地震とか台風とかが多くて怖いね。

⑥ （1秒後）➡ 影子跟讀法

這個時代，不會說英語還是不行。

今の＿＿＿＿＿＿、やはり英語は話せないといけない。

⑦ （1秒後）➡ 影子跟讀法

④ 昼間　　⑤ 暮れた　　⑥ このごろ　　⑦ 時代

パート 3 第三章 日常の挨拶、人物

日常招呼、人物

01 ☐☐☐

行って参ります
(寒暄) 我走了
では、行って参ります。
那我走了。

02 ☐☐☐

行ってらっしゃい
(寒暄) 路上小心，慢走，好走
気をつけていってらっしゃい。
小心慢走。

03 ☐☐☐

お帰りなさい
(寒暄) （你）回來了
お帰りなさいと大きな声で言った。
大聲說：「回來啦！」

04 ☐☐☐

よくいらっしゃいました
(寒暄) 歡迎光臨
暑いのに、よくいらっしゃいましたね。
這麼熱，感謝您能蒞臨。

05 ☐☐☐

お陰
(寒暄) 託福；承蒙關照
あなたのおかげです。
託你的福。

06 ☐☐☐

お陰様で
(寒暄) 託福，多虧
おかげさまで元気です。
托你的福，我很好。

07 ☐☐☐

お大事に
(寒暄) 珍重，請多保重
風邪が早く治るといいですね。お大事に。
希望你感冒能快好起來。多保重啊！

参考答案　❶ 行ってまいります　❷ 行ってらっしゃい　❸ お帰りなさい

報告總經理，我現在要出發去接山下先生。
社長、今から山下さんを迎えに＿＿＿＿＿＿＿。
（1秒後）➡ 影子跟讀法

路上小心。傘帶了沒？
＿＿＿＿＿＿＿。傘は持ったの？
（1秒後）➡ 影子跟讀法

你回來啦。要不要喝杯茶？
＿＿＿＿＿。お茶でも飲みますか。
（1秒後）➡ 影子跟讀法

想當年，那位人士經常光臨舍下。然後，我總會說著「哎呀，歡迎您大駕光臨」上前迎接。
あの方は、その頃、私の家によくいらっしゃいました。そして、私はいつも「まあまあ、＿＿＿＿＿＿＿＿」と迎えました。
（1秒後）➡ 影子跟讀法

「託您的福」是用來向對方表達謝意的話語。
「あなたの＿＿＿＿＿＿です」は、いいことについて相手に感謝を伝える言葉です。
（1秒後）➡ 影子跟讀法

「近來可好？」「託福、託福！」
「お元気ですか？」「はい、＿＿＿＿＿＿。」
（1秒後）➡ 影子跟讀法

請務必多保重，希望早日恢復健康。
どうか＿＿＿＿＿＿、1日も早くお元気になられますように。
（1秒後）➡ 影子跟讀法

④ よくいらっしゃいました ⑤ おかげ ⑥ おかげさまで ⑦ お大事に

033

08 □□□

畏まりました ▶ 寒暄 知道・了解（「わかる」謙譲語） ▶ はい、かしこまりました。
好，知道了。 ▶

09 □□□

お待たせしました ▶ 寒暄 讓您久等了 ▶ お待たせしました。お入りください。
讓您久等了。請進。 ▶

10 □□□

お目出度うございます ▶ 寒暄 恭喜 ▶ ご結婚おめでとうございます。
結婚恭喜恭喜！ ▶

11 □□□

それはいけませんね ▶ 寒暄 那可不行 ▶ それはいけませんね。お大事にしてね。
（生病啦）那可不得了了。多保重啊！ ▶

12 □□□

ようこそ ▶ 寒暄 歡迎 ▶ ようこそ、おいで下さいました。
衷心歡迎您的到來。 ▶

3-2 いろいろな人を表す言葉／
各種人物的稱呼

01 □□□

お子さん ▶ 名 您孩子・令郎・令媛 ▶ お子さんはおいくつですか。
您的孩子幾歲了呢？ ▶

参考答案 ❶ かしこまりました ❷ お待たせしました ❸ おめでとうございます

こんにちは。

（1秒後）こんにちは。

瞭解了，後天之前會交給您。

＿＿＿＿＿ ＿＿＿。あさってまでにお渡（わた）しします。

① （1秒後）➡影子跟讀法

讓您久等了，請坐。

＿＿＿＿＿＿＿＿＿。どうぞお座（すわ）りください。

② （1秒後）➡影子跟讀法

「老實說，我即將調任到東京的總公司上班。」「哇，總公司！真是恭喜！」

「実（じつ）は東京（とうきょう）の本社（ほんしゃ）に転勤（てんきん）なんです。」「本社（ほんしゃ）ですか。
それは＿＿＿＿＿＿＿。」

③ （1秒後）➡影子跟讀法

「我常常頭痛。」「那可真糟糕，說不定生病了！」

「ときどき頭（あたま）が痛（いた）くなるんです。」「＿＿＿＿＿＿＿。
病気（びょうき）かもしれませんよ。」

④ （1秒後）➡影子跟讀法

歡迎光臨。

＿＿＿＿＿、いらっしゃいませ。

⑤ （1秒後）➡影子跟讀法

請問您會讓孩子幫忙洗衣服或是掃地等家務嗎？

洗濯（せんたく）とか、掃除（そうじ）とか、＿＿＿＿＿＿＿にさせるんですか。

⑥ （1秒後）➡影子跟讀法

④ それはいけません
ね　⑤ ようこそ　⑥ お子さん

02 ☐☐☐

息子さん （むすこ）
▶ 名（尊稱他人的）令郎
▶ ご立派な息子さんですね。
您兒子真是出色啊！ ▶

03 ☐☐☐

娘さん （むすめ）
▶ 名 您女兒，令嬡
▶ 娘さんはあなたに似ている。
令千金長得像您。 ▶

04 ☐☐☐

お嬢さん （じょう）
▶ 名 您女兒，令嬡；小姐；千金小姐
▶ お嬢さんはとても美しい。
令千金長得真美。 ▶

05 ☐☐☐

高校生 （こうこうせい）
▶ 名 高中生
▶ 高校生を対象にする。
以高中生為對象。 ▶

06 ☐☐☐

大学生 （だいがくせい）
▶ 名 大學生
▶ 大学生になる。
成為大學生。 ▶

07 ☐☐☐

先輩 （せんぱい）
▶ 名 學姐，學長；老前輩
▶ 先輩におごってもらった。
讓學長破費了。 ▶

08 ☐☐☐

客 （きゃく）
▶ 名 客人；顧客
▶ 客を迎える。
迎接客人。 ▶

参考答案　❶ 息子さん（むすこ）　❷ 娘さん（むすめ）　❸ お嬢さん（じょう）

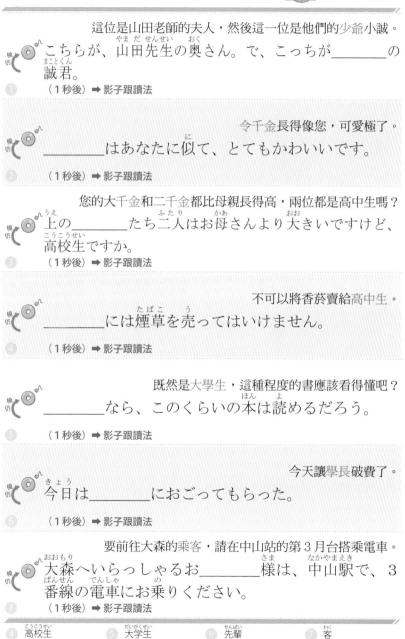

① 這位是山田老師的夫人，然後這一位是他們的少爺小誠。

こちらが、山田先生（やまだせんせい）の奥（おく）さん。で、こっちが＿＿＿＿＿＿＿の誠君（まことくん）。

（1秒後）➡ 影子跟讀法

② 令千金長得像您，可愛極了。

＿＿＿＿＿＿＿はあなたに似（に）て、とてもかわいいです。

（1秒後）➡ 影子跟讀法

③ 您的大千金和二千金都比母親長得高，兩位都是高中生嗎？

上（うえ）の＿＿＿＿＿＿＿たち二人（ふたり）はお母（かあ）さんより大（おお）きいですけど、高校生（こうこうせい）ですか。

（1秒後）➡ 影子跟讀法

④ 不可以將香菸賣給高中生。

＿＿＿＿＿＿＿には煙草（たばこ）を売（う）ってはいけません。

（1秒後）➡ 影子跟讀法

⑤ 既然是大學生，這種程度的書應該看得懂吧？

＿＿＿＿＿＿＿なら、このくらいの本（ほん）は読（よ）めるだろう。

（1秒後）➡ 影子跟讀法

⑥ 今天讓學長破費了。

今日（きょう）は＿＿＿＿＿＿＿におごってもらった。

（1秒後）➡ 影子跟讀法

⑦ 要前往大森的乘客，請在中山站的第 3 月台搭乘電車。

大森（おおもり）へいらっしゃるお＿＿＿＿＿＿＿様（さま）は、中山駅（なかやまえき）で、3番線（ばんせん）の電車（でんしゃ）にお乗（の）りください。

（1秒後）➡ 影子跟讀法

---

④ 高校生（こうこうせい）　⑤ 大学生（だいがくせい）　⑥ 先輩（せんぱい）　⑦ 客（きゃく）

単
語
帳

09 ☐☐☐

てんいん
店員 ▶ ⑧ 店員

てんいん　よ
店員を呼ぶ。
叫喚店員。

10 ☐☐☐

しゃちょう
社長 ▶ ⑧ 社長，總經理

しゃちょう
社長になる。
當上總經理。

11 ☐☐☐

かね も
お金持ち ▶ ⑧ 有錢人

かね も
お金持ちになる。
變成有錢人。

12 ☐☐☐

し みん
市民 ▶ ⑧ 市民・公民

し みん　せいかつ　まも
市民の生活を守る。
捍衛市民的生活。

13 ☐☐☐

きみ
君 ▶ ⑧ 你（男性對同輩以下的親密稱呼）

きみ
君にあげる。
給你。

14 ☐☐☐

いん
員 ▶ ⑧ 人員；人數；成員；…員

こう む いん
公務員になりたい。
想當公務員。

15 ☐☐☐

かた
方 ▶ ⑧ （敬）人

かた
あちらの方はどなたですか。
那是哪位呢？

店員：「要不要幫您裝袋？」顧客：「不必，我直接帶走就好。」

_____：「袋に入れますか。」客：「いいえ、そのままでいいです。」

（1秒後）➡ 影子跟讀法

未來的夢想是成為一家大公司的總經理。

将来の夢は、大きい会社の_____になることです。

（1秒後）➡ 影子跟讀法

她雖然那麼富有，但並不幸福。

彼女はあんなに_____なのに幸せではない。

（1秒後）➡ 影子跟讀法

由於老屋遭到市政府拆除，因而引發了市民的強烈抗議。

古い家屋が市政府によって取り壊されたため、_____らが強く抗議した。

（1秒後）➡ 影子跟讀法

我負責那邊的事，寒暄接待就交給你去。

僕がそっちをやるから、あいさつは_____が行ってくれ。

（1秒後）➡ 影子跟讀法

我急著衝進房間裡一看，已經全員到齊了。

急いで部屋に入ったところ、もう全_____が集まっていた。

（1秒後）➡ 影子跟讀法

新來的老師，好像是那邊的那位。

新しい先生は、あそこにいる_____らしい。

（1秒後）➡ 影子跟讀法

4 市民　　5 君　　6 員　　7 方

3-3 男女／
男女

01 □□□

だんせい
男性 ▶ 名 男性

だんせい　ふく　ほんかん　かい
男性の服は本館の４階だ。
紳士服專櫃位於本館４樓。

02 □□□

じょせい
女性 ▶ 名 女性

うつく　　じょせい　　つ
美しい女性を連れている。
帶著漂亮的女生。

03 □□□

かのじょ
彼女 ▶ 名 她；女朋友

かのじょ
彼女ができる。
交到女友。

04 □□□

かれ
彼 ▶ 名・代 他；男朋友

かれ　もの
それは彼の物だ。
那是他的東西。

05 □□□

かれ　し
彼氏 ▶ 名・代 男朋友；他

かれ　し
彼氏がいる。
我有男朋友。

06 □□□

かれ ら
彼等 ▶ 名・代 他們

かれ　きょうだい
彼らは兄弟だ。
他們是兄弟。

07 □□□

じんこう
人口 ▶ 名 人口

じんこう　おお
人口が多い。
人口很多。

參考答案　❶ だんせい 男性　❷ じょせい 女性　❸ かのじょ 彼女

那裡的那位男性，是我們的老師。
そこにいる＿＿＿＿が、私たちの先生です。

① （1秒後）➡ 影子跟讀法

會場裡也看到了身穿日本和服的女性。
会場には日本の着物を着た＿＿＿＿も見えました。

② （1秒後）➡ 影子跟讀法

一聊起往事，她哭了出來。
昔の話をしたら、＿＿＿＿は泣き出した。

③ （1秒後）➡ 影子跟讀法

他擁有多達3輛車子。
＿＿＿＿は3台も車を持っています。

④ （1秒後）➡ 影子跟讀法

裕子小姐在哭，聽說是和男友吵架了。
裕子さんが泣いている。＿＿＿＿とけんかしたらしい。

⑤ （1秒後）➡ 影子跟讀法

他們為了這個問題已經持續討論一個月了。
＿＿＿＿はこの問題について、1ヶ月も話し合っている。

⑥ （1秒後）➡ 影子跟讀法

東京的人口應該已經超過一千萬人了。
東京の＿＿＿＿は、1000万人以上のはずだ。

⑦ （1秒後）➡ 影子跟讀法

④ 彼　　　⑤ 彼氏　　　⑥ 彼ら　　　⑦ 人口

08 ▢▢▢

皆（みな）
▶ ㊳ 大家；所有的
▶ 皆（みな）が集（あつ）まる。
大家齊聚一堂。 ▶

09 ▢▢▢

集まる（あつ）
▶ ㊌ 聚集，集合
▶ 女性（じょせい）が集（あつ）まってくる。
女性聚集過來。 ▶

10 ▢▢▢

集める（あつ）
▶ ㊥ 集合；收集；集中
▶ 男性（だんせい）の視線（しせん）を集（あつ）める。
聚集男性的視線。 ▶

11 ▢▢▢

連れる（つ）
▶ ㊥ 帶領，帶著
▶ 友達（ともだち）を連（つ）れて来（く）る。
帶朋友來。 ▶

12 ▢▢▢

欠ける（か）
▶ ㊦ 缺損；缺少
▶ 女（おんな）が一名（いちめい）欠（か）ける。
缺一位女性。 ▶

3-4 老人、子ども、家族／
老人、小孩、家人

01 ▢▢▢

祖父（そふ）
▶ ㊳ 祖父，外祖父
▶ 祖父（そふ）に会（あ）う。
和祖父見面。 ▶

参考答案　❶ 皆（みな）　　❷ 集（あつ）まって　　❸ 集（あつ）めます

這條街一直深受<u>大家</u>的喜愛。

この街は、＿＿＿＿＿に愛されてきました。

① （1秒後）➡ 影子跟讀法

因為早上8點半要出發，最晚請於8點20分之前在旅館門口<u>集合</u>。

8時半に出発しますから、20分までにホテルの前に＿＿＿＿＿ください。

② （1秒後）➡ 影子跟讀法

為了寫論文而<u>蒐集</u>資料。

論文を書くために、資料を＿＿＿＿＿。

③ （1秒後）➡ 影子跟讀法

昨天帶孩子<u>去</u>了醫院。

昨日は子どもを病院へ＿＿＿＿＿行きました。

④ （1秒後）➡ 影子跟讀法

咬下一口堅硬的烤餅後，左上方的牙齒<u>缺</u>了一角。

硬い煎餅を噛んだら、左上の歯が＿＿＿＿＿しまいました。

⑤ （1秒後）➡ 影子跟讀法

我要帶<u>爺爺</u>去東京觀光。

＿＿＿＿＿を東京見物に連れて行く。

⑥ （1秒後）➡ 影子跟讀法

④ 連れて　　　⑤ 欠けて　　　⑥ 祖父

02 □□□

そぼ
祖母
▶ 图 祖母，外祖母，
奶奶，外婆

そぼ な
祖母が亡くなる。
祖母過世。 ▶

03 □□□

おや
親
▶ 图 父母；祖先；主根；
始祖

おや しおく う
親の仕送りを受ける。
讓父母寄送生活費。 ▶

04 □□□

おっと
夫
▶ 图 丈夫

おっと かえ ま
夫の帰りを待つ。
等待丈夫回家。 ▶

05 □□□

しゅじん
主人
▶ 图 老公，（我）丈
夫，先生；主人

しゅじん ささ
主人を支える。
支持丈夫。 ▶

06 □□□

つま
妻
▶ 图（對外稱自己的）
妻子，太太

つま けんか
妻と喧嘩する。
跟妻子吵架。 ▶

07 □□□

か ない
家内
▶ 图（自己的）妻子

か ない そうだん
家内に相談する。
和妻子討論。 ▶

08 □□□

こ
子
▶ 图 孩子

こ う
子を生む。
生小孩。 ▶

参考答案　❶ そぼ 祖母　　❷ おや 親　　❸ おっと 夫

奶奶喜歡下廚，時常教我做菜。

_____が料理が好きで、よく私に教えてくれた。

① （1秒後）➡ 影子跟讀法

由於遭到父母的反對，以致於無法和她結婚了。

_____に反対されて、彼女と結婚できなかった。

② （1秒後）➡ 影子跟讀法

我先生只「嗯、嗯」隨口敷衍，根本沒有仔細聽我說什麼。

_____は「うん、うん」と適当に返事をして、私の話を
ちゃんと聞いてくれません。

③ （1秒後）➡ 影子跟讀法

您先生住院了嗎？真糟糕呀。

ご_____、入院なさったんですか。それはいけま
せんね。

④ （1秒後）➡ 影子跟讀法

生日時，太太送了我手套。

誕生日に、_____から手袋をもらった。

⑤ （1秒後）➡ 影子跟讀法

內人出門了，現在不在家。

_____は出かけていて、今おりません。

⑥ （1秒後）➡ 影子跟讀法

我家的孩子不可能做壞事！

うちの_____が、悪いことをするはずがありませ
ん。

⑦ （1秒後）➡ 影子跟讀法

④ 主人　⑤ 妻　⑥ 家内　⑦ 子

09 □□□

赤ちゃん ▶ 名 嬰兒

赤ちゃんはよく泣く。
小寶寶很愛哭。 ▶

10 □□□

赤ん坊 ▶ 名 嬰兒；不暗世故的人

赤ん坊みたいだ。
像嬰兒似的。 ▶

11 □□□

育てる ▶ 他下一 撫育，培植；培養

子どもを育てる。
培育子女。 ▶

12 □□□

子育て ▶ 名・自サ 養育小孩，育兒

子育てが終わる。
完成了養育小孩的任務。 ▶

13 □□□

似る ▶ 自上一 相像・類似

性格が似ている。
個性相似。 ▶

14 □□□

僕 ▶ 名 我（男性用）

僕には僕の夢がある。
我有我的理想。 ▶

参考答案　❶ 赤ちゃん　❷ 赤ん坊　❸ 育てました

聽說動物園裡有隻熊寶寶誕生了。

動物園で、熊の_____が生まれたそうです。

① （1秒後）➡ 影子跟讀法

媽媽幫小寶寶洗了澡。

お母さんは_____を風呂に入れた。

② （1秒後）➡ 影子跟讀法

我養大了5個孩子。

私は子どもを5人_____。

③ （1秒後）➡ 影子跟讀法

等養育小孩的任務告一段落，我想要到研究所進修。

_____が終わったら、大学院に入ろうと思っている。

④ （1秒後）➡ 影子跟讀法

女兒像媽媽一樣頭腦聰明。

母親に_____、娘もまた頭がいい。

⑤ （1秒後）➡ 影子跟讀法

這個工作非我做不行。

この仕事は、_____がやらなくちゃならない。

⑥ （1秒後）➡ 影子跟讀法

④ 子育て　　⑤ 似て　　⑥ 僕

3-5 態度、性格／
態度、性格 ♪

01 □□□

しんせつ
親切　▶ 名・形動 親切，客氣 ▶

しんせつ
親切になる。
變得親切。 ▶

02 □□□

ていねい
丁寧　▶ 名・形動 客氣；仔細；尊敬

ていねい　よ
丁寧に読む。
仔細閱讀。 ▶

03 □□□

ねっしん
熱心　▶ 名・形動 專注，熱衷；熱心；熱衷；熱情

し ごと　ねっしん
仕事に熱心だ。
熱衷於工作。 ▶

04 □□□

ま じ め
真面目　▶ 名・形動 認真；誠實

ま じ め　ひと　おお
真面目な人が多い。
有很多認真的人。 ▶

05 □□□

いっしょうけんめい
一生懸命　▶ 副・形動 拼命地，努力地；一心

いっしょうけんめい　はたら
一生懸命に働く。
拼命地工作。 ▶

06 □□□

やさ
優しい　▶ 形 溫柔的，體貼的；柔和的；親切的

ひと
人にやさしくする。
殷切待人。 ▶

07 □□□

てきとう
適当　▶ 名・自サ・形動 適當；適度；隨便

てきとう　き かい　おこな
適当な機会に行う。
在適當的機會舉辦。 ▶

小誠體格壯碩又待人親切，是個很有男子氣魄的人。

1. 誠君は体が大きくて、_____で、とても男らしい人です。

（1秒後）➡ 影子跟讀法

請更用心寫字。

2. 字はもっと_____に書きなさい。

（1秒後）➡ 影子跟讀法

中山同學和高橋同學一樣正在用功讀書。

3. 中山さんは高橋さんと同じくらい_____に勉強している。

（1秒後）➡ 影子跟讀法

那麼認真的亞里小姐總不可能去玩吧？

4. まさか、_____アリさんが遊びに行くはずがありませんよ。

（1秒後）➡ 影子跟讀法

為了妻子和兒女而拚命工作。

5. 妻と子どものために、_____働いている。

（1秒後）➡ 影子跟讀法

我不知道她是那麼貼心的人。

6. 彼女があんなに_____人だとは知りませんでした。

（1秒後）➡ 影子跟讀法

請從下列３個選項中挑選適切的答案。

7. 次の三つの選択肢から_____ものを選びなさい。

（1秒後）➡ 影子跟讀法

---

4 真面目な　　5 一生懸命　　6 優しい　　7 適当な

08 □□□

可笑しい ^{おか}
▶ 形 奇怪的，可笑的；可疑的，不正常的
▶ 頭がおかしい。
腦子不正常。

09 □□□

細かい ^{こま}
▶ 形 細小；仔細；無微不至
▶ 考えが細かい。
想得仔細。

10 □□□

騒ぐ ^{さわ}
▶ 自五 吵鬧，喧囂；慌亂，慌張；激動
▶ 胸が騒ぐ。
心慌意亂。

11 □□□

酷い ^{ひど}
▶ 形 殘酷；過分；非常；嚴重，猛烈
▶ 彼は酷い人だ。
他是個殘酷的人。

3-6 人間関係／
人際關係

01 □□□

関係 ^{かんけい}
▶ 名 關係；影響
▶ 関係がある。
有關係；有影響；發生關係。

02 □□□

紹介 ^{しょうかい}
▶ 名・他サ 介紹
▶ 両親に紹介する。
介紹給父母。

参考答案　　① おかしい　　② 細かく　　③ 騒いで

電腦不太對勁。可以顯示平假名，但是無法顯示片假名。

コンピューターが_____。平仮名は出るんだけ
ど、片仮名が出なくなっちゃった。

① （1秒後）➡ 影子跟讀法

把蔬菜切碎。

野菜を_____切る。

② （1秒後）➡ 影子跟讀法

車站前擠著一群人鬧哄哄的，好像發生意外了。

駅前で人が_____いる。事故があったらしい。

③ （1秒後）➡ 影子跟讀法

「好大的雨呀！」「聽說颱風快來了喔。」

「_____雨ですね。」「台風が来ているらしいで
すよ。」

④ （1秒後）➡ 影子跟讀法

非工作（相關）人員禁止進入。

_____者以外は立ち入り禁止です。

⑤ （1秒後）➡ 影子跟讀法

介紹符合客戶需求的旅遊行程。

お客様に合う旅行の計画を_____。

⑥ （1秒後）➡ 影子跟讀法

④ 酷い　　⑤ 関係　　⑥ 紹介します

03 □□□

せ わ
世話 ▸ (名・他サ) 幫忙；照顧，照料 ▸ 世話になる。
受到照顧。 ▸

04 □□□

わか
別れる ▸ (自下一) 分別・分開 ▸ 恋人と別れた。
和情人分手了。 ▸

05 □□□

あいさつ
挨拶 ▸ (名・自サ) 寒暄，打招呼，拜訪；致詞 ▸ 帽子をとって挨拶する。
脱帽致意。 ▸

06 □□□

けん か
喧嘩 ▸ (名・自サ) 吵架；打架 ▸ 喧嘩が始まる。
開始吵架。 ▸

07 □□□

えんりょ
遠慮 ▸ (名・自他サ) 客氣；謝絕 ▸ 遠慮がない。
不客氣，不拘束。 ▸

08 □□□

しつれい
失礼 ▸ (名・形動・自サ) 失禮，沒禮貌；失陪 ▸ 失礼なことを言う。
說失禮的話。 ▸

09 □□□

ほ
褒める ▸ (他下一) 誇獎 ▸ 先生に褒められた。
被老師稱讚。 ▸

參考答案　❶ 世話　❷ 別れた　❸ 挨拶し

平時承蒙古澤小姐多方關照。

古沢さんには、いつもお＿＿＿＿になっております。

① （1秒後）➡ 影子跟讀法

雖然和情人分手了，但我實在無法忘記她。

恋人と＿＿＿＿が、どうしても彼女のことが忘れられない。

② （1秒後）➡ 影子跟讀法

要大聲向人家問好喔！

大きな声で＿＿＿＿ましょう。

③ （1秒後）➡ 影子跟讀法

我現在的公寓正上方的那戶鄰居呀，每天晚上都大聲吵架。

今のアパート、上の部屋に住んでいる人がね、毎晩大きな声で＿＿＿＿んだ。

④ （1秒後）➡ 影子跟讀法

不好意思，這裡不能吸菸。

すみませんが、お煙草はご＿＿＿＿ください。

⑤ （1秒後）➡ 影子跟讀法

「咦，這裡不是佐藤公館嗎？」「不是，敝姓鈴木。」「對不起。」

「え、佐藤さんのお宅じゃありませんか。」「いいえ、うちは鈴木ですけど。」「＿＿＿＿＿。」

⑥ （1秒後）➡ 影子跟讀法

老師稱讚了我：「畫得真好、畫得真好！」

先生から「絵がうまい、絵がうまい」と＿＿＿＿。

⑦ （1秒後）➡ 影子跟讀法

④ けんかする　⑤ 遠慮　⑥ 失礼しました　⑦ 褒められた

10 □□□

じ ゆう
自由 ▶ (名・形動) 自由，隨便

じ ゆう
自由がない。
沒有自由。 ▶

11 □□□

しゅうかん
習慣 ▶ (名) 習慣

しゅうかん か
習慣が変わる。
習慣改變；習俗特別。 ▶

12 □□□

ちから
力 ▶ (名) 力氣；能力

ちから
力になる。
幫助；有依靠。 ▶

パート
4
第四章

体、病気、スポーツ
人體、疾病、運動

4-1 身体／
人體

01 □□□

かっこう かっこう
格好・恰好 ▶ (名) 外表，裝扮

き れい かっこう で
綺麗な格好で出かける。
打扮得美美的出門了。 ▶

02 □□□

かみ
髪 ▶ (名) 頭髮

かみがた か
髪型が変わる。
髪型變了。 ▶

参考答案 ① じ ゆう
自由 ② しゅうかん
習慣 ③ ちから
力

想到什麼請自由發言。

思ったことを＿＿＿＿＿＿に話してください。

① （1秒後）➡ 影子跟讀法

我習慣早上沖個冷水澡。

私は朝、冷たいシャワーを浴びる＿＿＿＿＿＿があります。

② （1秒後）➡ 影子跟讀法

區區一個女人，力氣卻很大。

女なのに＿＿＿＿＿＿が強い。

③ （1秒後）➡ 影子跟讀法

你穿成這樣太單薄了，會感冒喔！

寒そうな＿＿＿＿＿＿だね。風邪を引くよ。

④ （1秒後）➡ 影子跟讀法

把頭髮剪短以後，看起來怪怪的。

＿＿＿＿＿＿の毛を切ったら、変になった。

⑤ （1秒後）➡ 影子跟讀法

④ 格好
⑤ 髪

03 □□□

毛
け

▶ 名 頭髪，汗毛

▶ 髪の毛は細くてやわらか
かみ　け　ほそ
い。
頭髪又細又軟。

04 □□□

ひげ

▶ 名 鬍鬚

私の父はひげが濃い。
わたし　ちち　　　　　こ
我爸爸的鬍鬚很濃密。

05 □□□

首
くび

▶ 名 頸部，脖子；頭
部，腦袋

首にマフラーを巻く。
くび　　　　　　　ま
在脖子裏上圍巾。

06 □□□

喉
のど

▶ 名 喉嚨

▶ のどが渇く。
かわ
口渴。

07 □□□

背中
せ なか

▶ 名 背部

▶ 背中を丸くする。
せ なか　まる
弓起背來。

08 □□□

腕
うで

▶ 名 胳臂；本領；托架，
扶手

腕を組む。
うで　く
挽著胳臂。

09 □□□

指
ゆび

▶ 名 手指

▶ ゆびで指す。
さ
用手指。

參考答案　　1 毛　　　2 ひげ　　　3 首
け　　　　　　　　　　　くび

小嬰兒的頭髮又細又軟。

赤ちゃんの髪の＿＿＿＿＿は細くてやわらかい。

① （1秒後）➡ 影子跟讀法

我正在猶豫要不要留鬍子。

＿＿＿＿＿を伸ばすかどうか、迷っている。

② （1秒後）➡ 影子跟讀法

一早起來脖子就開始痛了。該不會是昨天睡相太差吧？

朝から＿＿＿＿＿のあたりが痛い。昨日変な寝方をしたかな。

③ （1秒後）➡ 影子跟讀法

口好渴，想喝水。

＿＿＿＿＿が渇いた。水が飲みたい。

④ （1秒後）➡ 影子跟讀法

要為您拍照了，請縮下巴、挺直背部。

写真を撮りますから、あごを引いて＿＿＿＿＿を伸ばしてください。

⑤ （1秒後）➡ 影子跟讀法

那時，她和情人挽著手走著。

彼女は恋人と＿＿＿＿＿を組んで歩いていた。

⑥ （1秒後）➡ 影子跟讀法

我最喜歡自己身體的部位是手指。

自分の体で好きな所は、＿＿＿＿＿です。

⑦ （1秒後）➡ 影子跟讀法

④ 喉（のど）　　⑤ 背中（せなか）　　⑥ 腕（うで）　　⑦ 指（ゆび）

10 □□□

つめ
爪 ▶ 名 指甲

つめ き
爪を切る。
剪指甲。 ▶

11 □□□

ち
血 ▶ 名 血；血緣

ち で
血が出ている。
流血了。 ▶

12 □□□

おなら ▶ 名 屁

おならをする。
放屁。 ▶

4-2 生死、体質／
生死、體質 ♪

01 □□□

い
生きる ▶ 自上一 活・生存；生
活；致力於…；生動

い かえ
生きて帰る。
生還。 ▶

02 □□□

な
亡くなる ▶ 他五 去世・死亡

せんせい な
先生が亡くなる。
老師過世。 ▶

03 □□□

うご
動く ▶ 自五 變動・移動；擺
動；改變；行動・運
動；感動・動搖

うご す
動くのが好きだ。
我喜歡活動身體。 ▶

長長的指甲折斷了。

① 伸ばしていた＿＿＿＿＿＿＿が、折れてしまった。
　　（1秒後）➡ 影子跟讀法

你這裡怎麼了？流血了耶！

② ここ、どうしたの。＿＿＿＿＿＿＿が出ているよ。
　　（1秒後）➡ 影子跟讀法

每天會放屁多達幾十次，不知道怎麼辦才好。

③ 1日に何十回も＿＿＿＿＿＿＿が出て困っています。
　　（1秒後）➡ 影子跟讀法

奶奶活到了一百歲。

④ おばあさんは百歳まで＿＿＿＿＿＿＿。
　　（1秒後）➡ 影子跟讀法

由於爺爺過世而向學校請了假。

⑤ 祖父が＿＿＿＿＿＿＿ため、学校を休んだ。
　　（1秒後）➡ 影子跟讀法

電車才剛啟動，馬上又停了下來。

⑥ 電車は、＿＿＿＿＿＿＿出したと思ったら、またすぐに止まった。
　　（1秒後）➡ 影子跟讀法

④ 生きました　　⑤ 亡くなった　　⑥ 動き

04 □□□

さわ
触る ▸ (自五) 碰觸，觸摸；接觸；觸怒，觸犯

さわ　　かゆ
触ると痒くなる。

一觸摸就發癢。

▸

05 □□□

ねむ
眠い ▸ (形) 睏

ねむ
いつも眠い。

我總是想睡覺。

▸

06 □□□

ねむ
眠る ▸ (自五) 睡覺

あつ　　　ねむ
暑いと眠れない。

一熱就睡不著。

▸

07 □□□

かわ
乾く ▸ (自五) 乾；口渴

はだ　かわ
肌が乾く。

皮膚乾燥。

▸

08 □□□

ふと
太る ▸ (自五) 胖，肥胖；增加

うんどう　　　　　　　ふと
運動してないので太った。

因為沒有運動而肥胖。

▸

09 □□□

や
痩せる ▸ (自下一) 瘦；貧瘠

びょう き　　や
病気で痩せる。

因生病而消瘦。

▸

10 □□□

ダイエット ▸ (名・自サ) diet，（為治療或調節體重）規定飲食；減重療法；減重，減肥

はじ
ダイエットを始めた。

開始減肥。

▸

参考答案　❶ さわ
触らせて　　❷ ねむ
眠い　　❸ ねむ
眠れます

你那隻寵物倉鼠借我摸一下。

① あなたのペットのハムスターを＿＿＿＿＿ください。

（1秒後）➡影子跟讀法

昨天用功到很晚，結果今天睏得要命。

② 昨日遅くまで勉強したので、今はとても＿＿＿＿＿んです。

（1秒後）➡影子跟讀法

洗完澡後按摩，就能睡個好覺。

③ お風呂の後にマッサージするとよく＿＿＿＿＿。

（1秒後）➡影子跟讀法

洗好的衣服，不可能那麼快就乾。

④ 洗濯物が、そんなに早く＿＿＿＿＿はずがありません。

（1秒後）➡影子跟讀法

胖了以後，裙子變緊了。

⑤ ＿＿＿＿＿、スカートがきつくなってしまった。

（1秒後）➡影子跟讀法

爸爸年輕時身材既不瘦，也沒有戴眼鏡。

⑥ パパは若いときは＿＿＿＿＿いなかったし、眼鏡もかけていなかった。

（1秒後）➡影子跟讀法

在夏天之前，我要減肥3公斤。

⑦ 夏までに、3キロ＿＿＿＿＿＿。

（1秒後）➡影子跟讀法

④ 乾く　　　⑤ 太って　　　⑥ やせて　　　⑦ ダイエットします

11 ☐☐☐

弱い `よわ` ▶ 彫 虚弱；不擅長，不高明 ▶ 体が弱い。 `からだ` `よわ`
身體虛弱。 ▶

4-3 病気、治療／
疾病、治療 ♪

---

01 ☐☐☐

折る `お` ▶ 他五 摺疊；折斷 ▶ 骨を折る。 `ほね` `お`
骨折。 ▶

---

02 ☐☐☐

熱 `ねつ` ▶ 名 高溫；熱；發燒 ▶ 熱がある。 `ねつ`
發燒。 ▶

---

03 ☐☐☐

インフルエ
ンザ ▶ 名 influenza，流行性感冒 ▶ インフルエンザにかかる。
得了流感。 ▶

---

04 ☐☐☐

怪我 `け` `が` ▶ 名・自サ 受傷；損失，過失 ▶ 怪我がない。 `け` `が`
沒有受傷。 ▶

---

05 ☐☐☐

花粉症 `か` `ふんしょう` ▶ 名 花粉症，因花粉而引起的過敏鼻炎，結膜炎 ▶ 花粉症になる。 `か ふんしょう`
引起花粉症。 ▶

參考答案　❶ 弱さ `よわ`　❷ 折る `お`　❸ 熱 `ねつ`

これは人の_____と優しさを描いた映画です。

這是一部描寫人性的軟弱與關懷的電影。

① （1秒後）➡ 影子跟讀法

木の枝を_____。

折下樹枝。

② （1秒後）➡ 影子跟讀法

薬を飲んだので、_____が下がりました。

因為吃了藥，所以退燒了。

③ （1秒後）➡ 影子跟讀法

咳が止まらない。_____にかかったようだ。

一直咳個不停，好像染上流行性感冒了。

④ （1秒後）➡ 影子跟讀法

私が昨日学校を休んだのは、_____をして病院へ
行ったからだ。

我昨天向學校請假是因為受傷去醫院了。

⑤ （1秒後）➡ 影子跟讀法

春は_____になる人が多いです。

每逢春天，就會有很多人出現花粉熱的症狀。

⑥ （1秒後）➡ 影子跟讀法

④ インフルエンザ　⑤ けが　⑥ 花粉症

単
語
帳

06 ☐☐☐

倒れる
たお
▶ (自下一) 倒下；垮台；
死亡

叔父が病気で倒れた。
おじ びょうき たお
叔叔病倒了。

07 ☐☐☐

入院
にゅういん
▶ (名・自サ) 住院

入院費を払う。
にゅういん ひ はら
支付住院費。

08 ☐☐☐

注射
ちゅうしゃ
▶ (名・他サ) 打針

注射を受ける。
ちゅうしゃ う
打預防針。

09 ☐☐☐

塗る
ぬ
▶ (他五) 塗抹，塗上

薬を塗る。
くすり ぬ
上藥。

10 ☐☐☐

お見舞い
み ま
▶ (名) 探望・探病

明日お見舞いに行く。
あした み ま い
明天去探病。

11 ☐☐☐

具合
ぐ あい
▶ (名) （健康等）狀況；
方便，合適；方法

具合がよくなる。
ぐ あい
情況好轉。

12 ☐☐☐

治る
なお
▶ (自五) 治癒，痊愈

病気が治る。
びょうき なお
病痊癒了。

由於奶奶病倒了，我現在就要趕往新潟。

祖母が＿＿＿＿＿＿＿ため、今から新潟に行きます。

① （1秒後）➡ 影子跟讀法

這是一項不必住院就能完成的小手術。

＿＿＿＿＿＿＿＿＿＿てもできる簡単な手術です。

② （1秒後）➡ 影子跟讀法

小男孩一看到針筒就嘶吼大哭了。

男の子は＿＿＿＿＿＿＿を見て激しく泣き出した。

③ （1秒後）➡ 影子跟讀法

為了盡快痊癒，請將手洗乾淨後塗抹藥膏。

早く治すためには、清潔な手で薬を＿＿＿＿＿＿＿ましょう。

④ （1秒後）➡ 影子跟讀法

撥了電話慰問井上老師。

井上先生に、＿＿＿＿＿＿＿の電話をかけた。

⑤ （1秒後）➡ 影子跟讀法

託您的福，身體的狀況已經好多了。

おかげ様で、＿＿＿＿＿＿＿はずいぶんよくなってきました。

⑥ （1秒後）➡ 影子跟讀法

感冒才治好，這次卻換受傷了。

風邪が＿＿＿＿＿＿＿のに、今度はけがをしました。

⑦ （1秒後）➡ 影子跟讀法

④ 塗り　　⑤ お見舞い　　⑥ 具合　　⑦ 治った

13 □□□

たいいん
退院 ▸ 名・自サ 出院 ▸ 退院をさせてもらう。
讓我出院。

14 □□□

や
止める ▸ 他下一 停止 ▸ たばこをやめる。
戒煙。

15 □□□

ヘルパー ▸ 名 helper，幫傭；看護 ▸ ホームヘルパーを頼む。
たの
請家庭看護。

16 □□□

い しゃ
お医者さん ▸ 名 醫生 ▸ 彼はお医者さんです。
かれ　　い しゃ
他是醫生。

17 □□□

てしまう ▸ 補動 強調某一狀態或動作完了；懊悔 ▸ 怪我で動かなくなってしまった。
け が　　うご
因受傷而無法動彈。

4-4 体育、試合／
體育、競賽 ♪

01 □□□

うんどう
運動 ▸ 名・自サ 運動；活動 ▸ 毎日運動する。
まいにちうんどう
每天運動。

參考答案　① 退院　② やめます　③ ヘルパー

照醫師的說法，應該很快就能出院了。

お医者さんの話では、もうすぐ_____できるそうだ。

① （1秒後）➡ 影子跟讀法

假如是為了家人著想，就該戒菸和戒酒。

家族のためなら煙草もお酒も_____。

② （1秒後）➡ 影子跟讀法

為了協助奶奶的起居，我想請個幫手。

祖母を助けるため、_____さんを頼みたいと思っています。

③ （1秒後）➡ 影子跟讀法

如果持續咳不停，最好還是盡早就醫治療。

咳が続いたら、早く_____に見てもらったほうがいいですよ。

④ （1秒後）➡ 影子跟讀法

在這麼熱的氣溫下，麵包發霉了。

この暑さで、パンにかびが生え_____。

⑤ （1秒後）➡ 影子跟讀法

我現在每星期固定運動 3 天。

週に 3 回、_____ようにしています。

⑥ （1秒後）➡ 影子跟讀法

④ お医者さん　　⑤ てしまった　　⑥ 運動する

02 ☐☐☐

テニス ▶ ⑧ tennis，網球 ▶ テニスをやる。
打網球。 ▶

03 ☐☐☐

テニスコー
ト ▶ ⑧ tennis court，網球場 ▶ テニスコートでテニスをやる。
在網球場打網球。 ▶

04 ☐☐☐

柔道（じゅうどう） ▶ ⑧ 柔道 柔道（じゅうどう）を習（なら）う。
學柔道。 ▶

05 ☐☐☐

水泳（すいえい） ▶ ⑧·⑧サ 游泳 水泳（すいえい）が上手（じょうず）だ。
擅長游泳。 ▶

06 ☐☐☐

駆（か）ける・駈（か）
ける ▶ ⑧下一 奔跑，快跑 ▶ 学校（がっこう）まで駆（か）ける。
快跑到學校。 ▶

07 ☐☐☐

打（う）つ ▶ ⑩五 打擊，打；標記 ▶ ホームランを打（う）つ。
打全壘打。 ▶

08 ☐☐☐

滑（すべ）る ▶ ⑧下一 滑（倒）；滑動；（手）滑；不及格，落榜；下跌 道（みち）が滑（すべ）る。
路滑。 ▶

参考答案 ❶ テニス ❷ テニスコート ❸ 柔道（じゅうどう）

學生時代在網球社裡一天到晚打網球。

学生の時は、＿＿＿＿＿サークル でいつも＿＿＿＿＿をしていた。

① （1秒後）➡ 影子跟讀法

網球場和白天一樣明亮。

＿＿＿＿＿＿＿は昼のように明るかった。

② （1秒後）➡ 影子跟讀法

相撲和柔道，哪一種比較有意思呢？

相撲と＿＿＿＿＿と、どちらが面白いですか。

③ （1秒後）➡ 影子跟讀法

因為不會游泳，所以討厭上游泳課。

泳げないから、＿＿＿＿＿の授業は嫌いです。

④ （1秒後）➡ 影子跟讀法

一回到家，愛犬小白立刻衝了過來。

家に帰ると、犬のシロが＿＿＿＿＿寄ってきた。

⑤ （1秒後）➡ 影子跟讀法

滿壘了！揮棒啊、揮棒啊，高橋——！

満塁だ。＿＿＿＿＿、＿＿＿＿＿、たかはしー！

⑥ （1秒後）➡ 影子跟讀法

不慎腳滑摔倒了，羞得我簡直想死。

＿＿＿＿＿転んでしまい、恥ずかしさで死にそうだった。

⑦ （1秒後）➡ 影子跟讀法

④ 水泳　　⑤ 駆け　　⑥ 打て　　⑦ 滑って

069

09 □□□

な
投げる ▶ 自下一 丟，拋；摔；提供；投射；放棄 ▶ ボールを投げる。
丟球。 ▶

10 □□□

し あい
試合 ▶ 名・自サ 比賽 ▶ 試合が終わる。
比賽結束。 ▶

11 □□□

きょうそう
競争 ▶ 名・自他サ 競爭，競賽 ▶ 競争に負ける。
競爭失敗。 ▶

12 □□□

か
勝つ ▶ 自五 贏，勝利；克服 ▶ 試合に勝つ。
比賽獲勝。 ▶

13 □□□

しっぱい
失敗 ▶ 名・自サ 失敗 ▶ 失敗ばかりで気分が悪い。
一直出錯心情很糟。 ▶

14 □□□

ま
負ける ▶ 自下一 輸；屈服 ▶ 試合に負ける。
比賽輸了。 ▶

擲標槍和投球等等投擲物體的運動有很多種。

槍投げとかボール投げとか、物を＿＿＿＿＿＿＿スポーツは多い。

① （1秒後）➡ 影子跟讀法

為了贏得比賽，要趕走焦慮，培養信心！

＿＿＿＿＿＿＿に勝つためには、不安をなくして、自信をつけましょう。

② （1秒後）➡ 影子跟讀法

來比賽看誰贏吧！

どっちが勝つか、＿＿＿＿＿＿＿しよう。

③ （1秒後）➡ 影子跟讀法

明天的比賽如果獲勝，就能夠晉級參加全國大賽。

明日の試合に＿＿＿＿＿＿＿ら、全国大会に行ける。

④ （1秒後）➡ 影子跟讀法

不知道方法以致失敗。

方法がわからず、＿＿＿＿＿＿＿しました。

⑤ （1秒後）➡ 影子跟讀法

比賽輸了雖然不好，卻能成為很好的經驗。

試合に＿＿＿＿＿＿＿ことはよくないが、経験になったことはよかった。

⑥ （1秒後）➡ 影子跟讀法

④ 勝った　　⑤ 失敗　　⑥ 負けた

パート **5** 第五章

大自然
大自然

5-1 自然、気象／
自然、氣象 ♪

---

01 □□□

えだ
枝 ▶ 图 樹枝；分枝

木の枝を折る。
折下樹枝。 ▶

---

02 □□□

くさ
草 ▶ 图 草

草を取る。
清除雜草。 ▶

---

03 □□□

は
葉 ▶ 图 葉子，樹葉

葉が美しい。
葉子很美。 ▶

---

04 □□□

ひら
開く ▶ 自・他五 綻放；打開；拉開；開拓；開設；開導

夏の頃花を開く。
夏天開花。 ▶

---

05 □□□

みどり
緑 ▶ 图 綠色，翠綠；樹的嫩芽

山の緑がきれいだ。
翠綠的山巒景色優美。 ▶

---

06 □□□

ふか
深い ▶ 形 深的；濃的；晚的；（情感）深的；（關係）密切的

日本一深い湖を訪れる。
探訪日本最深的湖泊。 ▶

---

07 □□□

う
植える ▶ 他下一 種植；培養

木を植える。
種樹。 ▶

參考答案　❶ 枝　❷ 草　❸ 葉

こんにちは。

（1秒後）こんにちは。

院子裡的樹枝有點太長了。

庭の木の＿＿＿＿＿が、ちょっと伸び過ぎだ。

① （1秒後）➡ 影子跟讀法

天氣變熱後，雜草愈長愈多。

暑くなってくると、＿＿＿＿＿がどんどん伸びます。

② （1秒後）➡ 影子跟讀法

樹葉轉紅了。

木の＿＿＿＿＿が赤くなった。

③ （1秒後）➡ 影子跟讀法

將在東京舉行國際會議。

東京で国際会議が＿＿＿＿＿＿。

④ （1秒後）➡ 影子跟讀法

小美香，我要洗衣服了，把那件綠色的襯衫脫下來。

美香ちゃん、洗濯するからその＿＿＿＿＿色のシャツを脱いでください。

⑤ （1秒後）➡ 影子跟讀法

測量湖水的深度後發現，居然深達 300 公尺。

湖の＿＿＿＿＿を測ると、300 メートルもありました。

⑥ （1秒後）➡ 影子跟讀法

我打算在這個池塘的前面種樹。

この池の前に、木を＿＿＿＿＿ようと思っています。

⑦ （1秒後）➡ 影子跟讀法

④ 開かれます   ⑤ 緑   ⑥ 深さ   ⑦ 植え

08 □□□

お
折れる ▶ 自下一 折彎；折斷；
拐彎；屈服

かぜ えだ お
風で枝が折れる。
樹枝被風吹斷。 ▶

09 □□□

くも
雲 ▶ 名 雲

くも あいだ つき で
雲の間から月が出てきた。
月亮從雲隙間出現了。 ▶

10 □□□

つき
月 ▶ 名 月亮

つき
月がのぼった。
月亮升起來了。 ▶

11 □□□

ほし
星 ▶ 名 星星

ほし
星がある。
有星星。 ▶

12 □□□

じ しん
地震 ▶ 名 地震

じ しん お
地震が起きる。
發生地震。 ▶

13 □□□

たいふう
台風 ▶ 名 颱風

たいふう あ
台風に遭う。
遭遇颱風。 ▶

14 □□□

き せつ
季節 ▶ 名 季節

き せつ たの
季節を楽しむ。
享受季節變化的樂趣。 ▶

参考答案　❶ お
折れて　❷ くも
雲　❸ つき
月

在颱風肆虐之下，院子裡很多樹枝都被吹斷了。

台風で、庭の木の枝がたくさん＿＿＿＿＿＿しまいました。

（1秒後）➡ 影子跟讀法

天空飄著白雲。

空に白い＿＿＿＿＿＿が浮かんでいる。

（1秒後）➡ 影子跟讀法

月亮從雲隙間出現了。

雲の間から＿＿＿＿＿＿が出てきた。

（1秒後）➡ 影子跟讀法

星星出現了，所以明天應該是晴天吧。

＿＿＿＿＿＿が出ているから、明日は晴れるでしょう。

（1秒後）➡ 影子跟讀法

地震！快躲到桌下！

＿＿＿＿＿＿だ。机の下に入れ！

（1秒後）➡ 影子跟讀法

颱風來襲期間禁止去海邊！

＿＿＿＿＿＿のときは、海に行くな。

（1秒後）➡ 影子跟讀法

秋天是個讓人講究時尚的季節，同時也是個適合瘦身的季節。

秋はおしゃれの＿＿＿＿＿＿です。そしてまたダイエットの＿＿＿＿＿＿でもあります。

（1秒後）➡ 影子跟讀法

④ 星　　⑤ 地震　　⑥ 台風　　⑦ 季節

15 □□□

ひ
冷える ▸ 自下一 變冷；變冷淡 ▸ からだ ひ
体が冷える。
身體感到寒冷。 ▸

16 □□□

や
止む ▸ 自五 停止 かぜ や
風が止む。
風停了。 ▸

17 □□□

さ
下がる ▸ 自五 下降；下垂；降低（價格、程度、溫度等）；衰退 ▸ きおん さ
気温が下がる。
氣溫下降。 ▸

18 □□□

はやし
林 ▸ 名 樹林；林立；（轉）事物集中貌 はやし なか むし と
林の中で虫を取る。
在林間抓蟲子。

19 □□□

もり
森 ▸ 名 樹林，森林 もり はい
森に入る。
走進森林。 ▸

20 □□□

ひかり
光 ▸ 名 光亮，光線；（喻）光明，希望；威力，光榮 つき ひかり うつく
月の光が美しい。
月光美極了。 ▸

21 □□□

ひか
光る ▸ 自五 發光，發亮；出眾 ほし ひか
星が光る。
星光閃耀。 ▸

參考答案 ❶ ひ 冷えた ❷ や 止む ❸ さ 下がりません

有愈來愈多人即使是冬天，也會在開著很強暖氣的房間裡喝冰啤酒。

① 冬でも暖房のよく効いた部屋で＿＿＿＿＿ビールを飲む人が多くなった。

（1秒後）➡ 影子跟讀法

氣象預報說過，今天雖然會下雪，但是到傍晚就會停了。

② 今日は雪だけど、夕方には＿＿＿＿＿と天気予報で言っていました。

（1秒後）➡ 影子跟讀法

藥都已經吃了，高燒還是沒退。

③ 薬を飲んだのに、熱が＿＿＿＿＿＿。

（1秒後）➡ 影子跟讀法

在樹林裡被蟲子叮了。

④ ＿＿＿＿＿の中で虫にさされた。

（1秒後）➡ 影子跟讀法

在森林裡迷路了。

⑤ ＿＿＿＿＿の中で、道に迷ってしまいました。

（1秒後）➡ 影子跟讀法

請不要用會發出聲響或閃光的相機拍照。

⑥ 音や＿＿＿＿＿の出るカメラで写真を撮らないでください。

（1秒後）➡ 影子跟讀法

山腳下，城鎮的燈火閃閃發亮。

⑦ 山の下の方には町の灯りがきらきら＿＿＿＿＿いた。

（1秒後）➡ 影子跟讀法

④ 林　　⑤ 森　　⑥ 光　　⑦ 光って

22 □□□

映る
うつ

▶ ⓐ五 反射，映照；相襯

水に映る。
みず　うつ

倒映水面。

▶

---

23 □□□

どんどん

▶ ⓐ副 連續不斷，接二連三；（炮鼓等連續不斷的聲音）咚咚；（進展）順利；（氣勢）旺盛

水がどんどん上がってくる。
みず　　　　　　　あ

水嘩啦嘩啦不斷地湧出。

▶

5-2 いろいろな物質／各種物質 ♪

01 □□□

空気
くうき

▶ ⓐ名 空氣；氣氛

空気が悪い。
くうき　わる

空氣不好。

▶

---

02 □□□

火
ひ

▶ ⓐ名 火

火が消える。
ひ　き

火熄滅。

▶

---

03 □□□

石
いし

▶ ⓐ名 石頭，岩石；（猜拳）石頭，結石；鑽石；堅硬

石で作る。
いし　つく

用石頭做的。

▶

---

04 □□□

砂
すな

▶ ⓐ名 沙

砂が目に入る。
すな　め　はい

沙子掉進眼睛裡。

▶

參考答案　① 映った　うつ　② どんどん　③ 空気　くうき

狗朝著自己映在玻璃窗上的身影吠個不停。

犬は窓ガラスに＿＿＿＿＿自分の姿に吠えています。

① （1秒後）➡ 影子跟讀法

準備了很多・請盡量享用。

たくさんありますから、＿＿＿＿＿食べてください。

② （1秒後）➡ 影子跟讀法

把窗戶打開換個新鮮空氣吧！

窓を開けて新しい＿＿＿＿＿を入れましょう。

③ （1秒後）➡ 影子跟讀法

暖爐的火好像快要熄滅了。

ストーブの＿＿＿＿＿が消えそうになっている。

④ （1秒後）➡ 影子跟讀法

研究學家發現了新礦石。

学者は新しい＿＿＿＿＿を発見しました。

⑤ （1秒後）➡ 影子跟讀法

在海邊玩的孩子們正在堆沙堡。

浜辺にいる子どもたちが＿＿＿＿＿のお城を造っている。

⑥ （1秒後）➡ 影子跟讀法

④ 火　　　⑤ 石　　　⑥ 砂

05 ☐☐☐

ガソリン ▸ 名 gasoline，汽油 ▸ ガソリンを入れる。
加入汽油。 ▸

06 ☐☐☐

ガラス ▸ 名 （荷）glas，玻璃 ▸ ガラスを割る。
打破玻璃。 ▸

07 ☐☐☐

絹（きぬ） ▸ 名 絲 ▸ 絹のハンカチを送る。
送絲綢手帕。 ▸

08 ☐☐☐

ナイロン ▸ 名 nylon，尼龍 ▸ ナイロンのストッキングはすぐ破れる。
尼龍絲襪很快就抽絲了。 ▸

09 ☐☐☐

木綿（もめん） ▸ 名 棉 ▸ 木綿のシャツを探している。
正在找棉質襯衫。 ▸

10 ☐☐☐

ごみ ▸ 名 垃圾 ▸ あとでごみを捨てる。
等一下丟垃圾。 ▸

11 ☐☐☐

捨てる（す） ▸ 他下一 丟掉・拋棄；放棄 ▸ 古いラジオを捨てる。
扔了舊的收音機。 ▸

這半年以來，汽油的價格持續攀升。

半年ほど、＿＿＿＿の値段が上がり続けています。

① （1秒後）➡ 影子跟讀法

由於玻璃破了，所以貼上膠帶修好了。

＿＿＿＿が割れていたので、テープを貼って直した。

② （1秒後）➡ 影子跟讀法

人家送了我絲綢手帕的伴手禮。

お土産に＿＿＿＿のハンカチをいただきました。

③ （1秒後）➡ 影子跟讀法

尼龍的耐用性，改變了女性的時尚。

＿＿＿＿の丈夫さが、女性のファッションを変えた。

④ （1秒後）➡ 影子跟讀法

我正在找可以在家裡洗滌的棉質衣服。

家で洗濯することができる＿＿＿＿の服を探しています。

⑤ （1秒後）➡ 影子跟讀法

別把垃圾丟在路邊。

道に＿＿＿＿を捨てるな。

⑥ （1秒後）➡ 影子跟讀法

不可以只吃了一半就丟掉！

半分しか食べないで＿＿＿＿ちゃだめ！

⑦ （1秒後）➡ 影子跟讀法

④ ナイロン　　⑤ もめん　　⑥ ごみ　　⑦ 捨て

081

12 □□□

かた
固い・
かた　　　かた
硬い・堅い

▶ (形) 堅硬；結實；堅定；可靠；嚴厲；固執

いし　　　　　　　　かた
石のように硬い。
如石頭般堅硬。 ▶

パート
6
第六章

飲食

飲食

6-1 料理、味／
烹調、味道 ♪

01 □□□

つ
漬ける

▶ (他下一) 浸泡；醃

うめ　　　つ
梅を漬ける。
醃梅子。 ▶

02 □□□

つつ
包む

▶ (他五) 包住，包起來；隱藏，隱瞞

にく　　ぎょうざ　　かわ　　つつ
肉を餃子の皮で包む。
用餃子皮包肉。 ▶

03 □□□

や
焼く

▶ (他五) 焚燒；烤；曬；嫉妒

さかな　　や
魚を焼く。
烤魚。 ▶

04 □□□

や
焼ける

▶ (自下一) 烤熟；（被）烤熟；曬黑；燥熱；發紅；添麻煩；感到嫉妒

にく　　　や
肉が焼ける。
肉烤熟。 ▶

影子跟讀法請看 P5

「ずに」為書面語，是比「ないで」更拘謹嚴肅的用法。

① 「～ずに」は書き言葉で、「～ないで」より＿＿＿＿言い方です。

（1秒後）➡ 影子跟讀法

鄰居太太送來了自己醃的白菜。

② お隣の奥さんに、自分で＿＿＿＿白菜をいただいた。

（1秒後）➡ 影子跟讀法

那位身穿黑色毛皮大衣的女人是演員。

③ 黒い毛皮のコートに身を＿＿＿＿女性は女優です。

（1秒後）➡ 影子跟讀法

魚在煎之前先撒上鹽。

④ 魚は、＿＿＿＿前に塩を振っておきます。

（1秒後）➡ 影子跟讀法

肉烤了好一會兒囉，差不多可以吃了吧？

⑤ 肉が＿＿＿＿きたよ。そろそろ、いいかな。

（1秒後）➡ 影子跟讀法

---

④ 焼く　　　⑤ 焼けて

05 □□□

沸かす ▷ （他五） 煮沸；使沸騰 ▷ お湯を沸かす。
把水煮沸。 ▷

06 □□□

沸く ▷ （自五） 煮沸，煮開；興奮 ▷ お湯が沸く。
熱水沸騰。 ▷

07 □□□

味 ▷ （名） 味道；趣味；滋味 ▷ 味がいい。
好吃，美味；富有情趣。 ▷

08 □□□

味見 ▷ （名・自サ） 試吃，嚐味道 ▷ スープの味見をする。
嚐嚐湯的味道。 ▷

09 □□□

匂い ▷ （名） 味道；風貌 ▷ 匂いがする。
散發出味道。 ▷

10 □□□

苦い ▷ （形） 苦；痛苦 ▷ 苦くて食べられない。
苦得難以下嚥。 ▷

11 □□□

柔らかい ▷ （形） 柔軟的 ▷ 柔らかい肉を選ぶ。
挑選柔軟的肉。 ▷

参考答案　① 沸かして　② 沸いた　③ 味

首先請燒一鍋熱水，接著請加入少許糖。

初めにお湯を＿＿＿＿＿＿＿＿ください。それから砂糖を少し入れてください。
① （1秒後）➡ 影子跟讀法

孩子們精彩的舞蹈沸騰了整個會場。

子ども達の見事な踊りに会場が＿＿＿＿＿＿＿＿。
② （1秒後）➡ 影子跟讀法

這家店的餐點不但菜單上有各種口味可供選擇，而且味道也可口，所以我很喜歡光顧。

この店は、メニューもいろいろあるし、＿＿＿＿＿＿もいいから好きです。
③ （1秒後）➡ 影子跟讀法

你嚐嚐看這個，非常好吃喔！

これ、ちょっと＿＿＿＿＿＿＿ごらん。すごく美味しいよ。
④ （1秒後）➡ 影子跟讀法

等聞到香味就關火。

いい＿＿＿＿＿＿＿がしてきたら、火を止めます。
⑤ （1秒後）➡ 影子跟讀法

「你覺得如何？」「雖然有點苦，但是很好吃！」

「いかがですか。」「少し＿＿＿＿＿＿＿ですが、おいしいです。」
⑥ （1秒後）➡ 影子跟讀法

這個非常軟嫩，連小寶寶也能嚼得動。

とても＿＿＿＿＿＿＿から、赤ちゃんでも食べられます。
⑦ （1秒後）➡ 影子跟讀法

④ 味見して　⑤ 匂い　⑥ 苦い　⑦ 柔らかい

12 □□□

おおさじ
大匙

▶ 名 大匙，湯匙

おおさじ はい しお い
大匙２杯の塩を入れる。
放入兩大匙的鹽。 ▶

13 □□□

こさじ
小匙

▶ 名 小匙，茶匙

こさじ ぱい さとう い
小匙１杯の砂糖を入れる。
放入一茶匙的砂糖。 ▶

14 □□□

**コーヒー
カップ**

▶ 名 coffee cup，咖啡杯

かわい
可愛いコーヒーカップを
か
買った。
買了可愛的咖啡杯。 ▶

15 □□□

ラップ

▶ 名・他サ wrap，保鮮膜；
包裝，包裹

やさい
野菜をラップする。
用保鮮膜將蔬菜包起來。 ▶

6-2 食事、食べ物／
用餐、食物 🎵

01 □□□

ゆうはん
夕飯

▶ 名 晚飯

ともだち ゆうはん た
友達と夕飯を食べる。
跟朋友吃晚飯。 ▶

02 □□□

したく
支度

▶ 名・自他サ 準備；打扮；
準備用餐

したく
支度ができる。
準備好。 ▶

參考答案　❶ 大さじ　❷ 小さじ　❸ コーヒーカップ

在3杯水裡加入一大匙糖。

カップ3杯の水に＿＿＿＿＿＿1杯の砂糖を混ぜます。

① （1秒後）➡ 影子跟讀法

我喜歡在熱咖啡裡加入一小匙蜂蜜飲用。

熱いコーヒーに＿＿＿＿＿＿1杯のはちみつを入れて飲むのが好きです。

② （1秒後）➡ 影子跟讀法

我正在收集咖啡杯。

＿＿＿＿＿＿を集めています。

③ （1秒後）➡ 影子跟讀法

用保鮮膜將飯菜包起來，放入微波爐加熱。

ご飯を＿＿＿＿＿＿して、電子レンジで加熱する。

④ （1秒後）➡ 影子跟讀法

今天要和朋友去看電影，所以不回家吃晚飯。

今日、友達と映画を見に行くことにしたので、＿＿＿＿＿＿はいりません。

⑤ （1秒後）➡ 影子跟讀法

孩子回來之前先準備晚餐。

子どもが帰る前に、晩ご飯の＿＿＿＿＿＿をしておきます。

⑥ （1秒後）➡ 影子跟讀法

④ ラップ　　　⑤ 夕飯　　　⑥ 支度

03 □□□

じゅん び
準備 ▶ 名・他サ 準備

じゅん び た
準備が足りない。
準備不夠。

04 □□□

よう い
用意 ▶ 名・他サ 準備；注意

ゆうしょく よう い
夕食の用意をしていた。
在準備晚餐。

05 □□□

しょく じ
食事 ▶ 名・自サ 用餐，吃飯；
餐點

しょく じ お
食事が終わる。
吃完飯。

06 □□□

か
噛む ▶ 他五 咬

はん か た
ご飯をよく噛んで食べな
さい。
吃飯要細嚼慢嚥。

07 □□□

のこ
残る ▶ 自五 剩餘，剩下；遺
留

た もの のこ
食べ物が残る。
食物剩下來。

08 □□□

しょくりょうひん
食料品 ▶ 名 食品

はは しょくりょうひん おく
母から食料品が送られて
きた。
媽媽寄來了食物。

09 □□□

こめ
米 ▶ 名 米

こめ ゆ しゅつ ふ
米の輸出が増える。
稻米的外銷量增加了。

参考答案　**❶** じゅん び
準備　　**❷** よう い
用意して　　**❸** しょく じ
食事

預做旅行的準備。

_{りょこう}
旅行の＿＿＿＿をします。

① （1秒後）➡ 影子跟讀法

我會預先準備好出席會議的 12 人份便當。

_{かい ぎ} _{さん か} _{にんぶん} _{べんとう}
会議に参加する 12 人分のお弁当を＿＿＿＿おきます。

② （1秒後）➡ 影子跟讀法

不要邊吃飯邊看手機！

_{けいたいでん わ} _み
携帯電話を見ながら＿＿＿＿をするな。

③ （1秒後）➡ 影子跟讀法

被狗咬，去了醫院。

_{いぬ} _{びょういん} _い
犬に＿＿＿＿、病院に行きました。

④ （1秒後）➡ 影子跟讀法

今天的晚飯吃昨天剩下的咖哩吧！

_{きょう} _{ゆうはん} _た
今日の夕飯は、ゆうべの＿＿＿＿のカレーを食べよう。

⑤ （1秒後）➡ 影子跟讀法

媽媽從故鄉寄來了衣服和食物。

_{こ きょう} _{はは} _{い るい} _{おく}
故郷の母から衣類や＿＿＿＿が送られてきた。

⑥ （1秒後）➡ 影子跟讀法

米和味噌是日本的廚房必備的食材。

_{に ほん} _{だいどころ}
＿＿＿＿とみそは、日本の台所になくてはならないものです。

⑦ （1秒後）➡ 影子跟讀法

④ かまれて　⑤ _{のこ}残り　⑥ _{しょくりょうひん}食料品　⑦ _{こめ}米

10 □□□

味噌 _{み そ} ▷ 名 味噌 ▷ みそ汁_{しる}を作_{つく}る。
做味噌湯。

11 □□□

ジャム ▷ 名 jam，果醬 ▷ パンにジャムをつける。
在麵包上塗果醬。

12 □□□

湯 _ゆ ▷ 名 開水，熱水；浴池；溫泉；洗澡水 ▷ お湯_ゆを沸_わかす。
燒開水。

13 □□□

葡萄 _{ぶ どう} ▷ 名 葡萄 ▷ 葡萄酒_{ぶ どうしゅ}を楽_{たの}しむ。
享受喝葡萄酒的樂趣。

6-3 外食／
餐廳用餐

01 □□□

外食 _{がいしょく} ▷ 名・自サ 外食，在外用餐 ▷ 外食_{がいしょく}をする。
吃外食。

02 □□□

御馳走 _{ご ち そう} ▷ 名・他サ 請客；豐盛佳餚 ▷ ご馳走_{ち そう}になる。
被請吃飯。

參考答案　❶ みそ　　❷ ジャム　　❸ 湯_ゆ

使用湯匙量味噌的量。

スプーンを使って、＿＿＿＿＿＿の量を量る。

（1秒後）➡ 影子跟讀法

已經有果醬了，不必再抹奶油也沒關係。

＿＿＿＿＿＿があるから、バターはつけなくてもいいです。

（1秒後）➡ 影子跟讀法

等熱水滾了以後下麵，煮 10 分鐘左右。

お＿＿＿＿＿＿が沸いてきたら、麺を入れて 10 分ぐらいゆでます。

（1秒後）➡ 影子跟讀法

我在院子裡種了葡萄。

庭で＿＿＿＿＿＿を育てています。

（1秒後）➡ 影子跟讀法

自從開始一個人住以後，就一直外食。

一人暮らしを始めてから、ずっと＿＿＿＿＿＿が続いている。

（1秒後）➡ 影子跟讀法

「由我請客吧！」「不行，今天是我做東，請讓我付帳。」

「私が＿＿＿＿＿＿しますよ。」「いえ、今日は私がお誘いしたんですから、私に払わせてください。」

（1秒後）➡ 影子跟讀法

03 □□□

きつえんせき
喫煙席 ▸ 名 吸煙席，吸煙區

きつえんせき　たの
喫煙席を頼む。
指定吸菸區。 ▸

04 □□□

きんえんせき
禁煙席 ▸ 名 禁煙席，禁煙區

きんえんせき　すわ
禁煙席に座る。
坐在禁煙區。 ▸

05 □□□

あ
空く ▸ 自五 空著；（職位）
空缺；空隙；閒著；
有空

せき　あ
席が空く。
空出位子。 ▸

06 □□□

えんかい
宴会 ▸ 名 宴會，酒宴

えんかい　ひら
宴会を開く。
擺桌請客。 ▸

07 □□□

ごう
合コン ▸ 名 聯誼

ごう　　　こいびと
合コンで恋人ができた。
▸ 在聯誼活動中交到了男（女）
朋友。

08 □□□

かんげいかい
歓迎会 ▸ 名 歡迎會，迎新會

かんげいかい　ひら
歓迎会を開く。
開歡迎會。 ▸

09 □□□

そうべつかい
送別会 ▸ 名 送別會

そうべつかい　ひら
送別会を開く。
舉辦送別會。 ▸

参考答案　❶ きつえんせき 喫煙席　❷ きんえんせき 禁煙席　❸ あ 空いて

請問您想坐在禁菸區還是吸菸區呢？

禁煙席と＿＿＿＿＿、どちらがよろしいですか？

① （1秒後）➡ 影子跟讀法

「請問您抽菸嗎？」「沒有。」「那麼，請到禁煙區。」

「お煙草はお吸いになりますか。」「いいえ。」「では、＿＿＿＿＿にどうぞ。」

② （1秒後）➡ 影子跟讀法

完全沒有空位，沒辦法坐。

席が全然＿＿＿＿＿いなくて、座れなかった。

③ （1秒後）➡ 影子跟讀法

這場宴會來了許多賓客。

＿＿＿＿＿には大勢の客が集まった。

④ （1秒後）➡ 影子跟讀法

今晚的聯誼請多帶一些朋友來喔！

今夜の＿＿＿＿＿にはお友達をたくさん連れて来てくださいね。

⑤ （1秒後）➡ 影子跟讀法

感謝大家為我舉辦這場盛大的迎新會。

すばらしい＿＿＿＿＿を開いてくれて、ありがとうございます。

⑥ （1秒後）➡ 影子跟讀法

舉辦歡送會時，想麻煩您致詞。

＿＿＿＿＿のとき、挨拶をお願いしたいんだけど。

⑦ （1秒後）➡ 影子跟讀法

④ 宴会　⑤ 合コン　⑥ 歓迎会　⑦ 送別会

単
語
帳

10 □□□

食べ放題（た・ほうだい）
▶ ⑧ 吃到飽，盡量吃，隨意吃
▶ 食べ放題（た・ほうだい）に行（い）こう。
我們去吃吃到飽吧。 ▶

11 □□□

飲み放題（の・ほうだい）
▶ ⑧ 喝到飽，無限暢飲
▶ ビールが飲（の）み放題（ほうだい）だ。
啤酒無限暢飲。 ▶

12 □□□

おつまみ
▶ ⑧ 下酒菜，小菜
▶ おつまみを食（た）べない。
不吃下酒菜。 ▶

13 □□□

サンドイッチ
▶ ⑧ sandwich，三明治
▶ ハムサンドイッチを頼（たの）む。
點火腿三明治。 ▶

14 □□□

ケーキ
▶ ⑧ cake，蛋糕
▶ 食後（しょくご）にケーキを頂（いただ）く。
飯後吃蛋糕。 ▶

15 □□□

サラダ
▶ ⑧ salad，沙拉
▶ サラダを先（さき）に食（た）べる。
先吃沙拉。 ▶

16 □□□

ステーキ
▶ ⑧ steak，牛排
▶ ステーキを切（き）る。
切牛排。 ▶

参考答案　❶ 食べ放題（た・ほうだい）　❷ 飲み放題（の・ほうだい）　❸ おつまみ

假如想在函館盡情享用美食，建議選擇吃到飽的行程喔！

① 函館でおいしいものをお腹いっぱい食べたければ、
_____コースがお勧めですよ。

（1秒後）➡ 影子跟讀法

在一個半小時的喝到飽時段中喝了 10 杯左右的啤酒。

② 1 時間半の_____で、ビール 10 杯くらい飲みました。

（1秒後）➡ 影子跟讀法

冰箱裡有下酒菜，要不要幫你拿出來？

③ 冷蔵庫に_____があるから、出してあげようか。

（1秒後）➡ 影子跟讀法

你的三明治要夾蛋還是火腿呢？

④ _____は、卵のとハムのと、どちらがいいですか。

（1秒後）➡ 影子跟讀法

第一次嘗試烤了蛋糕。

⑤ 初めて_____を焼いてみました。

（1秒後）➡ 影子跟讀法

正打算做沙拉，這才發現沒有小黃瓜啊！

⑥ _____を作ろうと思ったら、キュウリがなかったのよ。

（1秒後）➡ 影子跟讀法

法國菜的全餐中，肉類部分會送上牛排和烤牛肉兩道。

⑦ フランス料理のフルコースでは、肉料理は_____とローストが 2 品出ます。

（1秒後）➡ 影子跟讀法

④ サンドイッチ　⑤ ケーキ　⑥ サラダ　⑦ ステーキ

17 □□□

てん
天ぷら ▶ 名 天婦羅 ▶ 天ぷらを揚げる
油炸天婦羅。 ▶

18 □□□

だいきら
大嫌い ▶ 形動 極不喜歡，最討 がいしょく だいきら
厭 外食は大嫌いだ。
最討厭外食。 ▶

19 □□□

か
代わりに ▶ 接続 代替・替代；交 さけ か みず の
換 酒の代わりに水を飲む。
喝水取代飲酒。 ▶

20 □□□

レジ ▶ 名 register 之略，收銀 し ごと
台 レジの仕事をする。
做結帳收銀的工作。 ▶

<table>
<tr><td>パート
7
第七章</td><td># 服装、装身具、素材
服裝、配件、素材</td></tr>
</table>

01 □□□

き もの
着物 ▶ 名 衣服；和服 ▶ 着物を脱ぐ。
脱衣服。 ▶

我炒菜時，他除了炸天婦羅，還煮了味噌湯。

私が野菜を炒めている間に、彼は＿＿＿＿＿と味噌汁まで作ってしまった。

① （1秒後）➡ 影子跟讀法

明明喜歡，卻偏說非常討厭。

好きなのに、＿＿＿＿＿と言ってしまった。

② （1秒後）➡ 影子跟讀法

不是寫信，而是寄出電子郵件。

手紙の＿＿＿＿＿メールを送ります。

③ （1秒後）➡ 影子跟讀法

我找到在超市結帳收銀的工作了。

スーパーで＿＿＿＿＿の仕事をすることになりました。

④ （1秒後）➡ 影子跟讀法

穿上和服出席婚禮能將會場營造出華麗的氣氛！

＿＿＿＿＿で結婚式に出席すると、会場の雰囲気が華やかになります！

⑤ （1秒後）➡ 影子跟讀法

④ レジ　　　⑤ 着物

02 □□□

<ruby>下着<rt>した ぎ</rt></ruby> ▶ 名 內衣，貼身衣物 ▶ <ruby>下着<rt>した ぎ</rt></ruby>を<ruby>取<rt>と</rt></ruby>り<ruby>替<rt>か</rt></ruby>える。
換貼身衣物。 ▶

03 □□□

<ruby>手袋<rt>て ぶくろ</rt></ruby> ▶ 名 手套 ▶ <ruby>手袋<rt>て ぶくろ</rt></ruby>を<ruby>取<rt>と</rt></ruby>る。
拿下手套。 ▶

04 □□□

イヤリング ▶ 名 earring，耳環 ▶ イヤリングをつける。
戴耳環。 ▶

05 □□□

<ruby>財布<rt>さい ふ</rt></ruby> ▶ 名 錢包 ▶ <ruby>古<rt>ふる</rt></ruby>い<ruby>財布<rt>さい ふ</rt></ruby>を<ruby>捨<rt>す</rt></ruby>てる。
丟掉舊錢包。 ▶

06 □□□

<ruby>濡<rt>ぬ</rt></ruby>れる ▶ 自下一 淋濕 ▶ <ruby>雨<rt>あめ</rt></ruby>に<ruby>服<rt>ふく</rt></ruby>が<ruby>濡<rt>ぬ</rt></ruby>れる。
衣服被雨淋濕。 ▶

07 □□□

<ruby>汚<rt>よご</rt></ruby>れる ▶ 自下一 髒污；齷齪 ▶ シャツが<ruby>汚<rt>よご</rt></ruby>れた。
襯衫髒了。 ▶

08 □□□

サンダル ▶ 名 sandal，涼鞋 ▶ サンダルを<ruby>履<rt>は</rt></ruby>く。
穿涼鞋。 ▶

參考答案　❶ <ruby>下着<rt>した ぎ</rt></ruby>　❷ <ruby>手袋<rt>て ぶくろ</rt></ruby>　❸ イヤリング

看到可愛的內衣就買了。

かわいい＿＿＿＿＿＿があったので、買いました。

① （1秒後）➡ 影子跟讀法

我決定買店員推薦的白手套了。

店員に勧められた白い＿＿＿＿＿＿に決めた。

② （1秒後）➡ 影子跟讀法

收到了一副看起來很昂貴的耳環。

高そうな＿＿＿＿＿＿をもらいました。

③ （1秒後）➡ 影子跟讀法

這個錢包容量大，方便使用。

この＿＿＿＿＿＿は大きくて使いやすい。

④ （1秒後）➡ 影子跟讀法

深夜似乎下過雨，路上濕濕的。

夜遅く雨が降ったらしく、道路が＿＿＿＿＿＿いる。

⑤ （1秒後）➡ 影子跟讀法

我要洗衣服了，把那件髒襯衫脫下來。

洗濯するから、その＿＿＿＿＿＿シャツを脱いでください。

⑥ （1秒後）➡ 影子跟讀法

這雙涼鞋雖然可愛，但是不好走。

この＿＿＿＿＿＿は、かわいいけど歩きにくい。

⑦ （1秒後）➡ 影子跟讀法

④ 財布　　⑤ 濡れて　　⑥ 汚れた　　⑦ サンダル

09 ☐☐☐

履く
は

▶ 他五 穿（鞋、襪）

厚い靴下を履く。
あつ　くつした　は

穿厚襪子。

---

10 ☐☐☐

指輪
ゆび　わ

▶ 名 戒指

指輪をつける。
ゆび わ

戴戒指。

---

11 ☐☐☐

糸
いと

▶ 名 線；（三弦琴的）弦；魚線；線狀

針に糸を通す。
はり　いと　とお

把針穿上線。

---

12 ☐☐☐

毛
け

▶ 名 羊毛，毛線，毛織物

毛100％の服を洗う。
け　パーセント　ふく　あら

洗滌百分之百羊毛的衣物。

---

13 ☐☐☐

アクセサリー

▶ 名 accessary，飾品，裝飾品；零件

アクセサリーをつける。

戴上飾品。

---

14 ☐☐☐

スーツ

▶ 名 suit，套裝

スーツを着る。
き

穿套裝。

---

15 ☐☐☐

ソフト

▶ 名・形動 soft，柔軟；溫柔；軟體

ソフトな感じがする。
かん

柔和的感覺。

請不要穿著鞋子走進家門。

くつを＿＿＿＿＿＿＿まま、家（いえ）に入（はい）らないでください。

① （1秒後）➡ 影子跟讀法

我正在找要送給她的結婚戒指。

彼女（かのじょ）にあげる結婚（けっこん）＿＿＿＿＿＿＿を探（さが）しています。

② （1秒後）➡ 影子跟讀法

正要去買線和針。

＿＿＿＿＿＿＿と針（はり）を買（か）いに行（い）くところです。

③ （1秒後）➡ 影子跟讀法

好一陣子沒見到父親，父親的頭髮全都花白了。

しばらく会（あ）わない間（あいだ）に父（ちち）の髪（かみ）の＿＿＿＿＿＿＿はすっかり白（しろ）くなっていた。

④ （1秒後）➡ 影子跟讀法

我想要和男友搭配成套的飾品。

彼氏（かれし）とお揃（そろ）いの＿＿＿＿＿＿＿＿＿がほしいです。

⑤ （1秒後）➡ 影子跟讀法

我們公司可以不穿西裝上班。

うちの会社（かいしゃ）は、＿＿＿＿＿＿＿でなくてもいい。

⑥ （1秒後）➡ 影子跟讀法

機器本身沒有問題，但是軟體似乎有問題。

機械（きかい）に問題（もんだい）はないが、＿＿＿＿＿＿＿に問題（もんだい）があるようだ。

⑦ （1秒後）➡ 影子跟讀法

④ 毛（け）　　⑤ アクセサリー　　⑥ スーツ　　⑦ ソフト

16 ☐☐☐

ハンドバッ
グ
▶ 名 handbag，手提包 ▶ ハンドバッグを<ruby>買<rt>か</rt></ruby>う。
買手提包。 ▶

17 ☐☐☐

<ruby>付<rt>つ</rt></ruby>ける
他下一 裝上，附上；
塗上
<ruby>耳<rt>みみ</rt></ruby>にイヤリングをつける。
把耳環穿入耳朵。 ▶

パート
8
第八章

住居
住家

8-1 部屋、設備／
房間、設備 ♪

01 ☐☐☐

<ruby>屋上<rt>おくじょう</rt></ruby>
▶ 名 屋頂（上）
<ruby>屋上<rt>おくじょう</rt></ruby>に<ruby>上<rt>あ</rt></ruby>がる。
爬上屋頂。 ▶

02 ☐☐☐

<ruby>壁<rt>かべ</rt></ruby>
▶ 名 牆壁；障礙
<ruby>壁<rt>かべ</rt></ruby>に<ruby>時計<rt>とけい</rt></ruby>をかける。
將時鐘掛到牆上。

03 ☐☐☐

<ruby>水道<rt>すいどう</rt></ruby>
▶ 名 自來水管
<ruby>水道<rt>すいどう</rt></ruby>を<ruby>引<rt>ひ</rt></ruby>く。
安裝自來水系統。 ▶

参考答案　❶ ハンドバッグ　❷ <ruby>付<rt>つ</rt></ruby>けます　❸ <ruby>屋上<rt>おくじょう</rt></ruby>

將會發光的吊飾裝飾在手提包上。

_____に光る飾りを付けた。

① （1秒後）➡ 影子跟讀法

往頭髮別上髮夾。

髪に飾りを_____。

② （1秒後）➡ 影子跟讀法

從屋頂上俯瞰整座城鎮，猶如玩具模型一般。

_____から見る町は、おもちゃのようだ。

③ （1秒後）➡ 影子跟讀法

把牆壁漆上新的顏色吧！

_____の色を塗り替えよう。

④ （1秒後）➡ 影子跟讀法

我去繳交瓦斯費和水費。

私はガス代や_____代を払いに行ってくる。

⑤ （1秒後）➡ 影子跟讀法

④ 壁　　　⑤ 水道

04 ☐☐☐

<ruby>応接間<rt>おうせつ ま</rt></ruby> ▶ 图 客廳；會客室

<ruby>応接間<rt>おうせつ ま</rt></ruby>に<ruby>案内<rt>あんない</rt></ruby>する。
領到客廳。 ▶

---

05 ☐☐☐

<ruby>畳<rt>たたみ</rt></ruby> ▶ 图 榻榻米

<ruby>畳<rt>たたみ</rt></ruby>の<ruby>上<rt>うえ</rt></ruby>で<ruby>寝<rt>ね</rt></ruby>る。
睡在榻榻米上。

---

06 ☐☐☐

<ruby>押し入れ<rt>お い</rt></ruby>・
<ruby>押入れ<rt>おし い</rt></ruby> ▶ 图（日式的）壁櫥

<ruby>押入れ<rt>おし い</rt></ruby>にしまう。
收入壁櫥。 ▶

---

07 ☐☐☐

<ruby>引き出し<rt>ひ だ</rt></ruby> ▶ 图 抽屜

<ruby>引き出し<rt>ひ だ</rt></ruby>を<ruby>開<rt>あ</rt></ruby>ける。
拉開抽屜。 ▶

---

08 ☐☐☐

<ruby>布団<rt>ふ とん</rt></ruby> ▶ 图 被子，床墊

<ruby>布団<rt>ふ とん</rt></ruby>を<ruby>掛<rt>か</rt></ruby>ける。
蓋被子。 ▶

---

09 ☐☐☐

カーテン ▶ 图 curtain，窗簾；布幕

カーテンを<ruby>開<rt>あ</rt></ruby>ける。
打開窗簾。 ▶

---

10 ☐☐☐

<ruby>掛ける<rt>か</rt></ruby> ▶ 他下一 懸掛；坐；蓋上；放在…上；提交；澆；開動；花費；寄託；鎖上；（數學）乘；使…負擔（給人添麻煩）

<ruby>家具<rt>か ぐ</rt></ruby>に<ruby>お金<rt>かね</rt></ruby>をかける。
花大筆錢在家具上。 ▶

山本先生，恭候大駕！請隨我到會客室。請往這邊走。

山本様、お待たせいたしました。＿＿＿＿＿にご案内いたします。こちらへどうぞ。

① （1秒後）➡ 影子跟讀法

睡在榻榻米上，身體好痛。

＿＿＿＿＿の上で寝たら、体が痛くなった。

② （1秒後）➡ 影子跟讀法

他在壁櫥裡睡了覺。

彼は＿＿＿＿＿の中で寝ていました。

③ （1秒後）➡ 影子跟讀法

使用完的剪刀請放回抽屜裡。

使ったはさみは＿＿＿＿＿に片付けてください。

④ （1秒後）➡ 影子跟讀法

我讀圖書書給你聽，快點上床！

絵本を読んであげるから、早く＿＿＿＿＿に入りなさい。

⑤ （1秒後）➡ 影子跟讀法

換上窗簾後，房間頓時變亮了。

＿＿＿＿＿を変えたら、部屋が明るくなった。

⑥ （1秒後）➡ 影子跟讀法

讓您掛念憂慮了，對不起。

ご心配をお＿＿＿＿＿、すみません。

⑦ （1秒後）➡ 影子跟讀法

④ 引き出し　⑤ 布団　⑥ カーテン　⑦ 掛けして

11 □□□

飾る（かざる） ▶ 他五 擺飾，裝飾；粉飾，潤色 ▶ 部屋を飾る。
装飾房間。 ▶

12 □□□

向かう（むかう） ▶ 自五 面向，前往 ▶ 鏡に向かう。
對著鏡子。 ▶

8-2 住む／
居住 ♪

01 □□□

建てる（たてる） ▶ 他下一 建造 ▶ 家を建てる。
蓋房子。 ▶

02 □□□

ビル ▶ 名 building 之略，高樓，大廈 ▶ 駅前の高いビルに住む。
住在車站前的大樓。 ▶

03

エスカレーター ▶ 名 escalator，自動手扶梯 ▶ エスカレーターに乗る。
搭乘手扶梯。 ▶

04 □□□

お宅（おたく） ▶ 名 您府上，貴府；宅男（女），對於某事物過度熱忠者 ▶ お宅はどちらですか。
請問您府上在哪？ ▶

参考答案　　❶ 飾ります　　❷ 向かって　　❸ 建てられました

影子跟讀法請看 P5

08
住家

中秋賞月時會擺放一種名為「芒草」的草葉作為裝飾。

お月見のときは、「すすき」という草を＿＿＿＿＿＿。

① （1秒後）➡ 影子跟讀法

「喂？你現在在哪裡？」「現在開車前去你那邊。」

「もしもし、今どこですか。」「今、車でそちらに
＿＿＿＿＿＿いるところです。」

② （1秒後）➡ 影子跟讀法

這座寺院是距今 1300 年前落成的。

このお寺は、今から 1300 年前に＿＿＿＿＿＿＿。

③ （1秒後）➡ 影子跟讀法

這棟大廈比那棟大廈高。

この＿＿＿＿＿＿は、あの＿＿＿＿＿＿より高いです。

④ （1秒後）➡ 影子跟讀法

搭乘手扶梯時如果把頭或手伸出去，將會非常危險。

顔や手を＿＿＿＿＿＿＿＿の外に出して乗ると、たいへ
ん危険です。

⑤ （1秒後）➡ 影子跟讀法

聽說貴府的少爺考上東大了。

＿＿＿＿＿＿の息子さん、東大に合格なさったそうです
ね。

⑥ （1秒後）➡ 影子跟讀法

④ ビル　　　⑤ エスカレーター　　　⑥ お宅

05 □□□

じゅうしょ
住所 ▶ 名 地址 ▶ 住所はカタカナで書く。
以片假名填寫住址。

06 □□□

きんじょ
近所 ▶ 名 附近；鄰居 近所に住んでいる。
住在這附近。

07 □□□

る す
留守 ▶ 名 不在家；看家 家を留守にする。
看家。

08 □□□

うつ
移る ▶ 自五 移動；變心；傳 新しい町へ移る。
染；時光流逝；轉移 搬到新的市鎮去。

09 □□□

ひ こ
引っ越す ▶ 自五 搬家 京都へ引っ越す。
搬去京都。

10 □□□

げ しゅく
下宿 ▶ 名・自サ 寄宿，借宿 下宿を探す。
尋找公寓。

11 □□□

せいかつ
生活 ▶ 名・自サ 生活 生活に困る。
無法維持生活。

請教您的大名和住址。

お名前とご_____をお願いします。

① （1秒後）➡ 影子跟讀法

明天你可以去向鄰居打聲招呼說我們搬來了嗎？

明日あなたがご_____に引っ越しの挨拶に行ってくれる？

② （1秒後）➡ 影子跟讀法

既然房間裡的電燈沒亮，山田小姐應該不在吧。

部屋の電気が消えているから、山田さんは_____だろう。

③ （1秒後）➡ 影子跟讀法

我想要換到更適合女性工作的職場做事。

もっと女性が働きやすい職場に_____と思います。

④ （1秒後）➡ 影子跟讀法

我正在考慮搬離公寓呢。

今、アパートを_____そうと思ってるんだよ。

⑤ （1秒後）➡ 影子跟讀法

高3的女兒說她一考上大學就要搬去外面租房間住。

高3の娘は大学に入ったら_____と言っている。

⑥ （1秒後）➡ 影子跟讀法

還有整整3天，只能靠這兩千圓過活。

あと3日、2000円で_____なければなりません。

⑦ （1秒後）➡ 影子跟讀法

④ 移りたい　⑤ 引っ越　⑥ 下宿する　⑦ 生活し

109

12 ☐☐☐

なま
生ごみ ▶ 名 廚餘・有機垃圾

なま　　　　　かた づ
生ゴミを片付ける。
收拾廚餘。 ▶

13 ☐☐☐

も
燃えるごみ ▶ 名 可燃垃圾

あし た　　　も　　　　　　　ひ
明日は燃えるごみの日だ。
明天是丟棄可燃垃圾的日子。 ▶

14 ☐☐☐

いっぱん
一般 ▶ 名・形動 一般・普通

でん ち　　いっぱん　　　　　ま
電池を一般ゴミに混ぜな
いで。
電池不要丟進一般垃圾裡。 ▶

15 ☐☐☐

ふ べん
不便 ▶ 形動 不方便

へん　　こうつう　　ふ べん
この辺は交通が不便だ。
這附近交通不方便。 ▶

16 ☐☐☐

に かい だ
二階建て ▶ 名 二層建築

に かい だ　　　いえ　　す
二階建ての家に住みたい。
想住兩層樓的房子。 ▶

8-3 家具、電気機器／
家具、電器 ♪

01 ☐☐☐

かがみ
鏡 ▶ 名 鏡子

かがみ　　み
鏡を見る。
照鏡子。 ▶

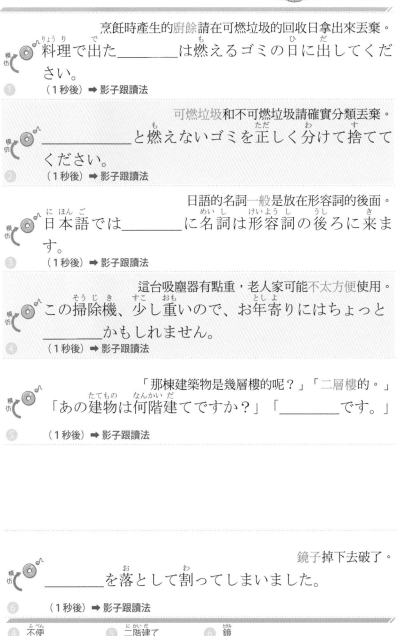

烹飪時產生的廚餘請在可燃垃圾的回收日拿出來丟棄。

① 料理で出た＿＿＿＿＿＿は燃えるゴミの日に出してください。
（1秒後）➡ 影子跟讀法

可燃垃圾和不可燃垃圾請確實分類丟棄。

② ＿＿＿＿＿＿＿＿と燃えないゴミを正しく分けて捨ててください。
（1秒後）➡ 影子跟讀法

日語的名詞一般是放在形容詞的後面。

③ 日本語では＿＿＿＿＿＿に名詞は形容詞の後ろに来ます。
（1秒後）➡ 影子跟讀法

這台吸塵器有點重，老人家可能不太方便使用。

④ この掃除機、少し重いので、お年寄りにはちょっと＿＿＿＿＿＿かもしれません。
（1秒後）➡ 影子跟讀法

「那棟建築物是幾層樓的呢？」「二層樓的。」

⑤ 「あの建物は何階建てですか？」「＿＿＿＿＿＿です。」
（1秒後）➡ 影子跟讀法

鏡子掉下去破了。

⑥ ＿＿＿＿＿＿を落として割ってしまいました。
（1秒後）➡ 影子跟讀法

④ 不便　　⑤ 二階建て　　⑥ 鏡

単
語
帳

02 □□□

たな
棚 ▶ 名 架子，棚架

<ruby>棚<rt>たな</rt></ruby>に<ruby>上<rt>あ</rt></ruby>げる。
擺到架上；佯裝不知。

03 □□□

スーツケー
ス ▶ 名 suitcase，手提旅行箱

スーツケースを<ruby>買<rt>か</rt></ruby>う。
買行李箱。

04 □□□

れいぼう
冷房 ▶ 名・他サ 冷氣

<ruby>冷房<rt>れいぼう</rt></ruby>を<ruby>点<rt>つ</rt></ruby>ける。
開冷氣。

05 □□□

だんぼう
暖房 ▶ 名 暖氣

<ruby>暖房<rt>だんぼう</rt></ruby>を<ruby>点<rt>つ</rt></ruby>ける。
開暖氣。

06 □□□

でんとう
電灯 ▶ 名 電燈

<ruby>電灯<rt>でんとう</rt></ruby>をつけた。
把燈打開。

07 □□□

ガスコンロ ▶ 名（荷）gas+ 焜炉，瓦斯爐，煤氣爐

ガスコンロで<ruby>料理<rt>りょうり</rt></ruby>をする。
用瓦斯爐做菜。

08 □□□

かんそうき
乾燥機 ▶ 名 乾燥機，烘乾機

<ruby>服<rt>ふく</rt></ruby>を<ruby>乾燥機<rt>かんそうき</rt></ruby>に<ruby>入<rt>い</rt></ruby>れる。
把衣服放進烘乾機。

従架子把東西搬下來。

_____から荷物を下ろします。

① （1秒後）➡ 影子跟讀法

由於行李箱多達5個，因此搭計程車去了。

_____が五つもあったので、タクシーに乗ってきました。

② （1秒後）➡ 影子跟讀法

我家的冷氣故障了。

うちの_____が故障してしまった。

③ （1秒後）➡ 影子跟讀法

這一帶很溫暖，不開暖氣也沒關係。

この辺りは暖かいから、_____はなくてもかまわない。

④ （1秒後）➡ 影子跟讀法

為了用功才剛剛把燈打開，卻睡著了。

勉強しようと_____をつけたばかりなのに、もう寝てしまった。

⑤ （1秒後）➡ 影子跟讀法

用海綿刷洗瓦斯爐周圍的油垢。

_____の周りの汚れをスポンジで落とします。

⑥ （1秒後）➡ 影子跟讀法

乾燥機是梅雨時期不可缺的工具。

梅雨の時期は、_____が欠かせません。

⑦ （1秒後）➡ 影子跟讀法

④ 暖房　　⑤ 電灯　　⑥ ガスコンロ　　⑦ 乾燥機

113

09 □□□

コインラン
ドリー

名 coin-operated laundry，自助洗衣店

コインランドリーで洗濯^{せんたく}
する。
在自助洗衣店洗衣服。

10 □□□

ステレオ

名 stereo，音響

ステレオで音楽^{おんがく}を聴^きく。
開音響聽音樂。

11 □□□

携帯電話^{けいたいでんわ}

名 手機，行動電話

携帯電話^{けいたいでんわ}を使^{つか}う。
使用手機。

12 □□□

ベル

名 bell，鈴聲

ベルを押^おす。
按鈴。

13 □□□

鳴^なる

自五 響，叫

時計^{とけい}が鳴^なる。
鬧鐘響了。

14 □□□

タイプ

名 type，款式；類型；
打字

薄^{うす}いタイプのパソコンが
ほしい。
想要一台薄型電腦。

参考答案　1 コインランドリー　2 ステレオ　3 携帯電話^{けいたいでんわ}

只要到車站前就會有自助洗衣店喔。

駅前に行けば、＿＿＿＿＿＿＿＿がありますよ。

① （1秒後）➡ 影子跟讀法

這部音響已經壞了，就扔了吧。

この＿＿＿＿＿＿は、壊れてしまったから捨てよう。

② （1秒後）➡ 影子跟讀法

開會時手機響了。

会議中に＿＿＿＿＿＿＿が鳴り出した。

③ （1秒後）➡ 影子跟讀法

鈴聲一響就請停筆。

＿＿＿＿＿＿＿が鳴ったら、書くのをやめてください。

④ （1秒後）➡ 影子跟讀法

鬧鐘已經響了卻沒有起床。

時計が＿＿＿＿＿＿＿のに起きなかった。

⑤ （1秒後）➡ 影子跟讀法

我想要一台重量輕、像筆記本一樣的薄型電腦。

軽くてノートのように薄い＿＿＿＿＿＿のパソコンがほしいです。

⑥ （1秒後）➡ 影子跟讀法

④ ベル　　　⑤ 鳴った　　　⑥ タイプ

8-4 道具／
道具

01 ☐☐☐

どうぐ
道具 ▶ 图 工具；手段 ▶ 道具を使う。
使用道具。 ▶

02 ☐☐☐

きかい
機械 ▶ 图 機械 ▶ 機械を使う。
操作機器。 ▶

03 ☐☐☐

点ける ▶ 他下一 打開（家電類）； でんき
點燃 電気をつける。
開燈。 ▶

04 ☐☐☐

点く ▶ 自五 點上，（火）點著 でんとう
電灯が点いた。
電燈亮了。 ▶

05 ☐☐☐

まわ
回る ▶ 自五 轉動；走動；旋 とけい まわ
轉；繞道；轉移 時計が回る。
時鐘轉動。 ▶

06 ☐☐☐

はこ
運ぶ ▶ 自・他五 運送，搬運； おお はこ
進行 大きなものを運ぶ。
載運大宗物品。 ▶

07 ☐☐☐

こしょう
故障 ▶ 图・自サ 故障 きかい こしょう
機械が故障した。
機器故障。 ▶

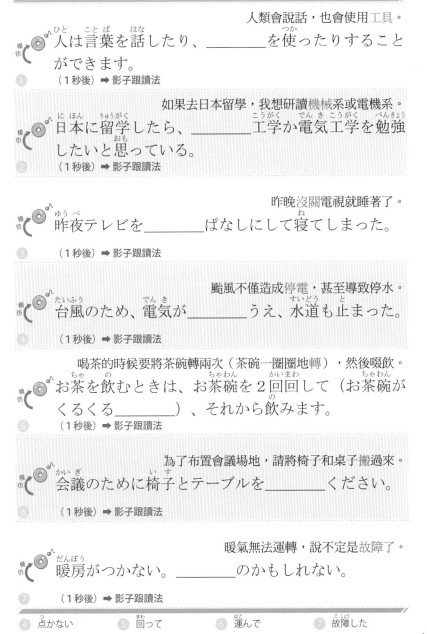

影子跟讀法請看 P5

人類會說話，也會使用工具。

① 人は言葉を話したり、＿＿＿＿＿を使ったりすることができます。
（1秒後）➡ 影子跟讀法

如果去日本留學，我想研讀機械系或電機系。

② 日本に留学したら、＿＿＿＿＿工学か電気工学を勉強したいと思っている。
（1秒後）➡ 影子跟讀法

昨晚沒關電視就睡著了。

③ 昨夜テレビを＿＿＿＿＿ぱなしにして寝てしまった。
（1秒後）➡ 影子跟讀法

颱風不僅造成停電，甚至導致停水。

④ 台風のため、電気が＿＿＿＿＿うえ、水道も止まった。
（1秒後）➡ 影子跟讀法

喝茶的時候要將茶碗轉兩次（茶碗一圈圈地轉），然後啜飲。

⑤ お茶を飲むときは、お茶碗を2回回して（お茶碗がくるくる＿＿＿＿＿）、それから飲みます。
（1秒後）➡ 影子跟讀法

為了布置會議場地，請將椅子和桌子搬過來。

⑥ 会議のために椅子とテーブルを＿＿＿＿＿ください。
（1秒後）➡ 影子跟讀法

暖氣無法運轉，說不定是故障了。

⑦ 暖房がつかない。＿＿＿＿＿のかもしれない。
（1秒後）➡ 影子跟讀法

④ 点かない　⑤ 回って　⑥ 運んで　⑦ 故障した

08 □□□

こわ
壊れる ▸ (自下一) 壊掉，損壊；故障

でん わ　　こわ
電話が壊れている。
電話壊了。 ▸

09 □□□

わ
割れる ▸ (自下一) 破掉，破裂；分裂；暴露；整除

まど　わ
窓は割れやすい。
窗戶容易碎裂。 ▸

10 □□□

な
無くなる ▸ (自五) 不見，遺失；用光了

な
ガスが無くなった。
瓦斯沒有了。 ▸

11 □□□

と　　か
取り替える ▸ (他下一) 交換；更換

でんきゅう　と　か
電球を取り替える。
更換電燈泡。 ▸

12 □□□

なお
直す ▸ (他五) 修理；改正；整理；更改

じ てんしゃ　なお
自転車を直す。
修理腳踏車。 ▸

13 □□□

なお
直る ▸ (自五) 改正；修理；回復；變更

こわ　　　　　　　なお
壊れていた PC が直る。
把壞了的電腦修好了。 ▸

冷氣才剛用了一年就壞了。

１<ruby>年<rt>ねん</rt></ruby>しか<ruby>使<rt>つか</rt></ruby>っていないのに、もう<ruby>冷房<rt>れいぼう</rt></ruby>が＿＿＿＿＿。

① （1秒後）➡ 影子跟讀法

這枚盤子很薄，容易碎裂，請小心。

この<ruby>お皿<rt>さら</rt></ruby>は<ruby>薄<rt>うす</rt></ruby>くて＿＿＿＿＿やすいので、<ruby>気<rt>き</rt></ruby>をつけて

ください。

② （1秒後）➡ 影子跟讀法

一走出店外，發現原本放在入口處的傘不見了。

<ruby>店<rt>みせ</rt></ruby>から<ruby>出<rt>で</rt></ruby>たら、<ruby>入<rt>い</rt></ruby>り<ruby>口<rt>ぐち</rt></ruby>に<ruby>置<rt>お</rt></ruby>いておいた<ruby>傘<rt>かさ</rt></ruby>が

＿＿＿＿＿＿いた。

③ （1秒後）➡ 影子跟讀法

之前買的褲子太小件，所以請店家幫忙換了一件大號的。

<ruby>買<rt>か</rt></ruby>ったズボンが<ruby>小<rt>ちい</rt></ruby>さかったので、<ruby>お店<rt>みせ</rt></ruby>で<ruby>大<rt>おお</rt></ruby>きいのと

＿＿＿＿＿＿もらいました。

④ （1秒後）➡ 影子跟讀法

不把作文拿去給老師修改是不行的。

<ruby>作文<rt>さくぶん</rt></ruby>を<ruby>先生<rt>せんせん</rt></ruby>に＿＿＿＿＿いただかないといけない。

⑤ （1秒後）➡ 影子跟讀法

終於把運行不太順暢的電腦拿去修好了。

<ruby>調子<rt>ちょうし</rt></ruby>が<ruby>悪<rt>わる</rt></ruby>かった PC がやっと＿＿＿＿＿＿。

⑥ （1秒後）➡ 影子跟讀法

---

④ <ruby>取<rt>と</rt></ruby>り<ruby>替<rt>か</rt></ruby>えて　　⑤ <ruby>直<rt>なお</rt></ruby>して　　⑥ <ruby>直<rt>なお</rt></ruby>りました

パート
9
第九章

施設、機関、交通
設施、機構、交通

---

01 □□□

とこや
床屋　▶ 名 理髪店；理髪室

とこや　い
床屋へ行く。
去理髮廳。

---

02 □□□

こうどう
講堂　▶ 名 禮堂

こうどう　あつ
講堂に集まる。
齊聚在講堂裡。

---

03 □□□

かいじょう
会場　▶ 名 會場

かいじょう　はい
会場に入る。
進入會場。

---

04 □□□

じ む しょ
事務所　▶ 名 辦公室

じ む しょ　ひら
事務所を開く。
設有辦事處。

---

05 □□□

きょうかい
教会　▶ 名 教會

きょうかい　いの
教会で祈る。
在教堂祈禱。

---

06 □□□

じんじゃ
神社　▶ 名 神社

じんじゃ　まい
神社に参る。
參拜神社。

---

07 □□□

てら
寺　▶ 名 寺廟

てら　まい
寺に参る。
參拜寺院。

大約每兩個月上理髮廳一次。

２ヶ月に１回ぐらい＿＿＿＿＿に行きます。

① （1秒後）➡ 影子跟讀法

學生們為了合唱比賽的練習而齊聚在講堂裡。

合唱コンクールの練習のために、生徒たちが＿＿＿＿＿に集められた。

② （1秒後）➡ 影子跟讀法

會場來了多達一萬人。

＿＿＿＿＿には、１万人もの人が来てくださった。

③ （1秒後）➡ 影子跟讀法

我的事務所就在從這邊看過去對面那棟 12 層大樓的 3 樓。

私の＿＿＿＿＿は向こうに見える 12 階建てのビルの３階だ。

④ （1秒後）➡ 影子跟讀法

婚禮決定在教會舉行了。

結婚式は＿＿＿＿＿で挙げることにしました。

⑤ （1秒後）➡ 影子跟讀法

祭典時拍攝的照片貼在神社裡。

お祭りのときの写真が＿＿＿＿＿に貼ってある。

⑥ （1秒後）➡ 影子跟讀法

日本人會在除夕夜去寺院，元旦則到神社參拜。

日本人は、大みそかは＿＿＿＿＿に行き、元旦は神社に行く。

⑦ （1秒後）➡ 影子跟讀法

④ 事務所　　⑤ 教会　　⑥ 神社　　⑦ 寺

08 □□□

どうぶつえん
動物園 ▶ 名 動物園

どうぶつえん い
動物園に行く。
去動物園。

09 □□□

び じゅつかん
美術館 ▶ 名 美術館

び じゅつかん い
美術館に行く。
去美術館。

10 □□□

ちゅうしゃじょう
駐車場 ▶ 名 停車場

ちゅうしゃじょう さが
駐車場を探す。
找停車場。

11 □□□

くうこう
空港 ▶ 名 機場

くうこう とうちゃく
空港に到着する。
抵達機場。

12 □□□

ひ こうじょう
飛行場 ▶ 名 機場

ひ こうじょう むか い
飛行場へ迎えに行く。
去接機。

13 □□□

こくさい
国際 ▶ 名 國際

こくさいくうこう つ
国際空港に着く。
抵達國際機場。

14 □□□

みなと
港 ▶ 名 港口，碼頭

みなと よ
港に寄る。
停靠碼頭。

参考答案　❶ どうぶつえん 動物園　❷ び じゅつかん 美術館　❸ ちゅうしゃじょう 駐車場

我曾在上野動物園看過貓熊。

上野＿＿＿＿＿＿＿で、パンダを見たことがある。

① （1秒後）➡ 影子跟讀法

目前，縣立美術館正在展出畢卡索的知名畫作。

今、県立＿＿＿＿＿＿＿にピカソの有名な絵が来ているということだ。

② （1秒後）➡ 影子跟讀法

從這裡走 500 公尺左右有一座停車場。

ここから 500 メートルぐらい行ったところに＿＿＿＿＿＿＿があります。

③ （1秒後）➡ 影子跟讀法

羽田機場沒有成田機場那麼大。

羽田＿＿＿＿＿＿＿は、成田＿＿＿＿＿＿＿ほど大きくありません。

④ （1秒後）➡ 影子跟讀法

我送要回去日本的她到了機場。

日本に帰る彼女を＿＿＿＿＿＿＿まで送った。

⑤ （1秒後）➡ 影子跟讀法

為了維持世界和平而舉行國際會議。

世界平和のために＿＿＿＿＿＿＿会議が開かれる。

⑥ （1秒後）➡ 影子跟讀法

船舶接近了碼頭。

船が＿＿＿＿＿＿＿に近づいた

⑦ （1秒後）➡ 影子跟讀法

④ 空港　　⑤ 飛行場　　⑥ 国際　　⑦ 港

15 □□□

こうじょう
工場 ▸ 名 工廠

_{あたら} _{こうじょう} _た
新しい工場を建てる。 ▸
建造新工廠。

16 □□□

スーパー ▸ 名 supermarket 之略，
超級市場

スーパーで_{にく}を_か買う。 ▸
在超市買肉。

9-2 いろいろな乗り物、交通／
各種交通工具、交通 ♪

01 □□□

_{の もの}
乗り物 ▸ 名 交通工具

_{の もの の}
乗り物に乗る。 ▸
乗車。

02 □□□

オートバイ ▸ 名 auto bicycle，摩托
車

オートバイに_の乗れる。 ▸
會騎機車。

03 □□□

_{きしゃ}
汽車 ▸ 名 火車

_{きしゃ えき つ}
汽車が駅に着く。 ▸
火車到達車站。

04 □□□

_{ふ つう}
普通 ▸ 名・形動 普通，平凡；
普通車

_{わたし ふ つうでんしゃ つうきん}
私は普通電車で通勤して ▸
いる。
我搭各站停靠的列車通勤。

影子跟讀法請看 P5

為了建造新工廠而買了土地。
新しい_____を建てるために、土地を買った。

（1秒後）➡ 影子跟讀法

挑星期五上這家超市，就能買到新鮮的蔬菜。
この_____は、金曜日に買うと新鮮な野菜が買える。

（1秒後）➡ 影子跟讀法

一到迪士尼樂園，你最先想搭的遊樂器材是哪一種呢？
ディズニーランドに着いたら、まず最初にどの_____のところに行きますか。

（1秒後）➡ 影子跟讀法

我會騎摩托車。
僕は_____に乗れます。

（1秒後）➡ 影子跟讀法

火車進入了長長的隧道。
_____が長いトンネルに入った。

（1秒後）➡ 影子跟讀法

我先生雖然長相平凡，但是待人熱忱。
夫は、顔は_____だけれど、心の温かい人です。

（1秒後）➡ 影子跟讀法

④ オートバイ　⑤ 汽車　⑥ 普通

05 □□□

きゅうこう
急行 ▶ (名・自サ) 急行；快車

きゅうこうでんしゃ　ま　あ
急行電車に間に合う。
趕上快速電車。 ▶

06 □□□

とっきゅう
特急 ▶ (名) 特急列車；火速

とっきゅう　とうきょう
特急で東京へたつ。
坐特快車到東京。 ▶

07 □□□

ふね　ふね
船・舟 ▶ (名) 船；舟，小型船

ふね　ゆ
船が揺れる。
船隻搖晃。 ▶

08 □□□

**ガソリン
スタンド** ▶ (名) （和製英語）
gasoline+stand，加油
站

ガソリンスタンドでバイ
トする。
在加油站打工。 ▶

09 □□□

こうつう
交通 ▶ (名) 交通

こうつう　べんり
交通が便利になった。
交通變得很方便。 ▶

10 □□□

とお
通り ▶ (名) 道路，街道

ひろ　とお　で
広い通りに出る。
走到大馬路。 ▶

11 □□□

じこ
事故 ▶ (名) 意外，事故

じこ　お
事故が起こる。
發生事故。 ▶

這班電車是快速列車，所以不會停靠花田站喔！

この電車は＿＿＿＿＿＿ですから、花田には止まりません
よ。

① （1秒後）➡ 影子跟讀法

要去池袋的話，搭特快車是最快的方式嗎？

池袋へ行くには＿＿＿＿＿＿に乗るのが一番早いです
か。

② （1秒後）➡ 影子跟讀法

從船上看到了島嶼。

＿＿＿＿＿＿から島が見えた。

③ （1秒後）➡ 影子跟讀法

為了買一台摩托車，這一年來一直在加油站工作。

バイクを買うために、1年間ずっと＿＿＿＿＿＿＿
で働いていた。

④ （1秒後）➡ 影子跟讀法

這一帶雖然交通不便，但還保有美麗的自然風光。

この辺は＿＿＿＿＿＿が不便だが、美しい自然が残って
いる。

⑤ （1秒後）➡ 影子跟讀法

我比較想要遠離馬路的房間。

＿＿＿＿＿＿から遠い部屋の方がいいです。

⑥ （1秒後）➡ 影子跟讀法

引發交通事故。

交通＿＿＿＿＿＿を起こしてしまいました。

⑦ （1秒後）➡ 影子跟讀法

④ ガソリンスタンド ⑤ 交通 ⑥ 通り ⑦ 事故

12 □□□

こうじちゅう
工事中 ▶ ㊂ 施工中；（網頁）建製中

こうじちゅう
工事中となる。
施工中。

13 □□□

わすもの
忘れ物 ▶ ㊂ 遺忘物品，遺失物

わすもの
忘れ物をする。
遺失東西。

14 □□□

かえ
帰り ▶ ㊂ 回來；回家途中

かえ いそ
帰りを急ぐ。
急著回去。

15 □□□

ばんせん
番線 ▶ ㊂ 軌道線編號，月台編號

ばんせん れっしゃ き
5番線の列車が来た。
5號月台的列車進站了。

9-3 交通関係／交通相關 ♪

01 □□□

いっぽうつうこう
一方通行 ▶ ㊂ 單行道；單向傳達

いっぽうつうこう とお
一方通行で通れない。
單行道不能進入。

02 □□□

うちがわ
内側 ▶ ㊂ 內部，內側，裡面

うちがわ ひら
内側へ開く。
往裡開。

施工期間造成各位極大的不便。

_____は皆様に大変ご迷惑をお掛けしました。

① （1秒後）➡ 影子跟讀法

下車時請小心，不要忘記您的隨身物品。

お_____をなさいませんよう、気をつけてお降り
ください。

② （1秒後）➡ 影子跟讀法

下班後偶爾會去唱唱卡拉 OK。

ときどき、会社の_____にカラオケに行くことが
ある。

③ （1秒後）➡ 影子跟讀法

開往東京的快車即將從 12 月台發車。

12_____から東京行きの急行が出ます。

④ （1秒後）➡ 影子跟讀法

這個標誌是「單向通行」的意思。

このマークは、「_____」という意味です。

⑤ （1秒後）➡ 影子跟讀法

這裡很危險，所以還是靠內側行走比較好喔。

危ないですから、_____を歩いた方がいいです
よ。

⑥ （1秒後）➡ 影子跟讀法

④ 番線　　⑤ 一方通行　　⑥ 内側

03 ☐☐☐

そとがわ
外側 ▶ ② 外部，外面，外側 ▶ ^{みち そとがわ はし}
道の外側を走る。
沿著道路外側跑。 ▶

04 ☐☐☐

ちかみち
近道 ▶ ② 捷徑，近路 ^{ちかみち}
近道をする。
抄近路。 ▶

05 ☐☐☐

おうだん ほ どう
横断歩道 ▶ ② 斑馬線 ^{おうだん ほ どう わた}
横断歩道を渡る。
跨越斑馬線。 ▶

06 ☐☐☐

せき
席 ▶ ② 座位；職位 ^{せき}
席がない。
沒有空位。 ▶

07 ☐☐☐

うんてんせき
運転席 ▶ ② 駕駛座 ^{うんてんせき うんてん}
運転席で運転する。
在駕駛座開車。 ▶

08 ☐☐☐

し ていせき
指定席 ▶ ② 劃位座，對號入座 ^{し ていせき よ やく}
指定席を予約する。
預約對號座位。 ▶

09 ☐☐☐

じ ゆうせき
自由席 ▶ ② 自由座 ^{じ ゆうせき の}
自由席に乗る。
坐自由座。 ▶

参考答案　　❶ ^{そとがわ}外側　　❷ ^{ちかみち}近道　　❸ ^{おうだん ほ どう}横断歩道

在盒子的外側貼上漂亮的紙。

箱の＿＿＿＿にきれいな紙を貼ります。

① （1秒後）➡ 影子跟讀法

從田地穿過去就是捷徑。

畑の中を行けば＿＿＿＿だ。

② （1秒後）➡ 影子跟讀法

我看到一位老奶奶正在發愁該怎麼過斑馬線，於是幫忙拿東西陪她一起過了馬路。

おばあさんが＿＿＿＿で困っていたので、荷物を持ってあげて、一緒に渡った。

③ （1秒後）➡ 影子跟讀法

這趟航班我預約了靠窗的座位。

飛行機は窓側の＿＿＿＿を予約しました。

④ （1秒後）➡ 影子跟讀法

坐在後座比坐在駕駛座旁邊更能好好休息。

後ろの席の方が、＿＿＿＿の隣よりゆっくりできます。

⑤ （1秒後）➡ 影子跟讀法

下一班電車的對號座已經售罄。

次の電車の＿＿＿＿はもうありません。

⑥ （1秒後）➡ 影子跟讀法

由於下一班電車的對號座已經售完，所以坐在自由座了。

次の電車は指定席がもうないので、＿＿＿＿に乗ることにした。

⑦ （1秒後）➡ 影子跟讀法

④ 席　⑤ 運転席　⑥ 指定席　⑦ 自由席

131

10 □□□

つうこう ど
通行止め ▶ ㊂ 禁止通行，無路可走

つうこう ど
通行止めになる。
規定禁止通行。

11 □□□

きゅう
急ブレーキ ▶ ㊂ 急 brake，緊急煞車

きゅう と
急ブレーキで止まる。
因緊急煞車而停下。

12 □□□

しゅうでん
終電 ▶ ㊂ 最後一班電車，末班車

しゅうでん の おく
終電に乗り遅れる。
沒趕上末班車。

13 □□□

しんごう む し
信号無視 ▶ ㊂ 違反交通號誌，闖紅（黃）燈

しんごう む し
信号無視をする。
違反交通號誌。

14 □□□

ちゅうしゃ い はん
駐車違反 ▶ ㊂ 違規停車

ちゅうしゃ い はん ばっきん と
駐車違反で罰金を取られた。
違規停車被罰款。

9-4 乗り物に関する言葉／
交通相關的詞 ♪

---

01 □□□

うんてん
運転 ▶ ㊂・自他サ 開車，駕駛；運轉；周轉

うんてん なら
運転を習う。
學開車。

参考答案 ❶ つうこう ど 通行止め　❷ きゅう 急ブレーキ　❸ しゅうでん 終電

由於土石流而封鎖道路。

① 土砂崩れで、道路が＿＿＿＿＿＿になっています。

（1秒後）➡ 影子跟讀法

由於有緊急煞車的可能，因此請繫好您的安全帶。

② ＿＿＿＿＿＿をかけることがありますから、必ずシートベルトをしてください。

（1秒後）➡ 影子跟讀法

他沒趕上23點40分的最後一班電車。

③ 彼は23時40分の＿＿＿＿＿＿に間に合わなかった。

（1秒後）➡ 影子跟讀法

未遵守交通規則而受了傷的那個男人被送往醫院了。

④ ＿＿＿＿＿＿でけがした男の人が病院に運ばれた。

（1秒後）➡ 影子跟讀法

如果把車停在這裡，就會是違規停車喔。

⑤ ここに駐車すると、＿＿＿＿＿＿になりますよ。

（1秒後）➡ 影子跟讀法

想開車的話，就非得考到駕照不可。

⑥ 車を＿＿＿＿＿＿たければ、免許を取らなければならない。

（1秒後）➡ 影子跟讀法

④ 信号無視　　⑤ 駐車違反　　⑥ 運転し

133

02 □□□

とお
通る
▶ 〔自五〕經過；通過；穿透；合格；知名；了解；進來

とお
バスが通る。
巴士經過。 ▶

03 □□□

の　か
乗り換える
〔他下一・自下一〕轉乘，換車；改變 ▶

べつ　　　　　　　　　　の　か
別のバスに乗り換える。
改搭別的公車。 ▶

04 □□□

しゃない
車内アナウンス
〔名〕車内 announce，車廂内廣播

しゃない　　　　　　　　　　き
車内アナウンスが聞こえる。
聽到車廂内廣播。 ▶

05 □□□

ふ
踏む
▶ 〔他五〕踩住，踩到；踩上；實踐

ふ
ブレーキを踏む。
踩煞車。 ▶

06 □□□

と
止まる
▶ 〔自五〕停止；止住；堵塞

あかしんごう　　　と
赤信号で止まる。
停紅燈。 ▶

07 □□□

ひろ
拾う
▶ 〔他五〕撿拾；挑出；接；叫車

ひろ
タクシーを拾う。
叫計程車。 ▶

08 □□□

お
下りる・
お
降りる
▶ 〔自上一〕下來；下車；退位

くるま　　お
車を下りる。
下車。 ▶

参考答案　❶ とお 通ります　❷ の か 乗り換えて　❸ しゃない 車内アナウンス

巴士會經過家門前。

模仿　家の前をバスが＿＿＿＿。

① （1秒後）➡ 影子跟讀法

我想在東京車站轉乘中央線到立川車站。

模仿　東京駅で中央線に＿＿＿＿＿＿＿立川駅まで行きたいと思います。

② （1秒後）➡ 影子跟讀法

車內廣播告知：「電車即將抵達上野。」

模仿　「この電車はまもなく上野に到着します」と＿＿＿＿＿＿＿が流れていた。

③ （1秒後）➡ 影子跟讀法

在過彎時踩煞車，可能導致車子無法順利轉彎，很危險。

模仿　カーブの途中でブレーキを＿＿＿＿と、車は曲がらなくなって危ないです。

④ （1秒後）➡ 影子跟讀法

這個一開始吃就愈吃愈想吃。

模仿　これは、食べ始めると＿＿＿＿。

⑤ （1秒後）➡ 影子跟讀法

距離有點遠，攔輛計程車吧。

模仿　ちょっと遠いからタクシーを＿＿＿＿ましょう。

⑥ （1秒後）➡ 影子跟讀法

從這麼高的地方沒辦法走下來呀。

模仿　こんなに高かったら、歩いて＿＿＿＿られないわ。

⑦ （1秒後）➡ 影子跟讀法

④ 踏む　　⑤ 止まらない　　⑥ 拾い　　⑦ 降り

135

09 ☐☐☐

<ruby>注意<rt>ちゅう い</rt></ruby> ▶ (名・自サ) 注意，小心 ▶ <ruby>足元<rt>あしもと</rt></ruby>に<ruby>注意<rt>ちゅう い</rt></ruby>しましょう。
小心腳滑。 ▶

10 ☐☐☐

<ruby>通う<rt>かよ</rt></ruby> ▶ (自五) 來往，往來（兩地間）；通連，相通 ▶ <ruby>学校<rt>がっこう</rt></ruby>に<ruby>通う<rt>かよ</rt></ruby>。
上學。 ▶

11 ☐☐☐

<ruby>戻る<rt>もど</rt></ruby> ▶ (自五) 回到；折回 ▶ <ruby>家<rt>いえ</rt></ruby>に<ruby>戻る<rt>もど</rt></ruby>。
回到家。 ▶

12 ☐☐☐

<ruby>寄る<rt>よ</rt></ruby> ▶ (自五) 順道去…；接近；增多 ▶ <ruby>近<rt>ちか</rt></ruby>くに<ruby>寄<rt>よ</rt></ruby>って<ruby>見<rt>み</rt></ruby>る。
靠近看。 ▶

13 ☐☐☐

<ruby>揺れる<rt>ゆ</rt></ruby> ▶ (自下一) 搖動；動搖 ▶ <ruby>車<rt>くるま</rt></ruby>が<ruby>揺<rt>ゆ</rt></ruby>れる。
車子晃動。 ▶

不管訓過小誠多少次，他就是不肯用功。

誠君はいくら＿＿＿＿＿も勉強しない。

① （1秒後）➡ 影子跟讀法

這陣子開始不搭巴士，改騎自行車上學了。

このごろ、バスをやめて、自転車で学校に＿＿＿＿＿始めた。

② （1秒後）➡ 影子跟讀法

錢包雖然找回來了，但是裡面的錢已經不見了。

財布は＿＿＿＿＿きたけれど、中のお金はなくなっていた。

③ （1秒後）➡ 影子跟讀法

我打算去購物的途中順便繞到美髮沙龍。

買い物に行く途中で、美容院に＿＿＿＿＿つもりだ。

④ （1秒後）➡ 影子跟讀法

「今天早上發生了大地震對吧！」「是呀，搖得真厲害啊。」

「今朝大きな地震があったよね！」「ええ、結構＿＿＿＿＿わね。」

⑤ （1秒後）➡ 影子跟讀法

④ 寄る　　　　⑤ 揺れた

137

パート
10
第十章

趣味、芸術、年中行事
興趣、藝術、節日

---

01 □□□

あそ
遊び

⊛ 遊玩，玩耍；不
做事；間隙；閒遊；
餘裕

うち あそ き
家に遊びに来てください。
來我家玩。 ▶

---

02 □□□

お もちゃ
玩具

⊛ 玩具

お もちゃ か
玩具を買う。
買玩具。

---

03 □□□

こ とり
小鳥

⊛ 小鳥

こ とり か
小鳥を飼う。
養小鳥。 ▶

---

04 □□□

めずら
珍しい

⊛ 少見，稀奇

めずら え
珍しい絵がある。
有珍貴的畫作。 ▶

---

05 □□□

つ
釣る

他五 釣魚；引誘

さかな つ
魚を釣る。
釣魚。 ▶

---

06 □□□

よ やく
予約

名・他サ 預約

よ やく と
予約を取る。
預約。 ▶

---

07 □□□

しゅっぱつ
出発

名・自サ 出發；起步，
開始

しゅっぱつ おく
出発が遅れる。
出發延遲。 ▶

参考答案 　① あそ 遊び 　② おもちゃ 　③ こ とり 小鳥

穿上這個去公園玩吧。

これを着て公園に＿＿＿＿に行きましょう。

① （1秒後）➡ 影子跟讀法

蔬菜和水果的賣場位於本館地下1樓，玩具賣場則位於新館4樓。

野菜や果物は本館の地下1階、＿＿＿＿は新館の4階にございます。

② （1秒後）➡ 影子跟讀法

那幅小鳥的圖畫得真生動呀！

あの＿＿＿＿の絵、上手ですねえ。

③ （1秒後）➡ 影子跟讀法

今年罕見地下了大雪。

今年は＿＿＿＿大雪が降りました。

④ （1秒後）➡ 影子跟讀法

聽說在那家旅館可以在窗前釣魚。

その旅館では、窓から魚が＿＿＿＿らしい。

⑤ （1秒後）➡ 影子跟讀法

這家餐廳的預約已經排到半年後了。

このレストランは、半年先まで＿＿＿＿でいっぱいです。

⑥ （1秒後）➡ 影子跟讀法

出發的時間早了30分鐘。

＿＿＿＿の時間が30分早くなりました。

⑦ （1秒後）➡ 影子跟讀法

④ 珍しく　⑤ 釣れる　⑥ 予約　⑦ 出発

08 □□□

あんない
案内 ▶ 名・他サ 引導；陪同 | 案内を頼む。
遊覽，帶路；傳達 | 請人帶路。

09 □□□

けんぶつ
見物 ▶ 名・他サ 觀光，參觀 | 見物に出かける。
| 外出遊覽。

10 □□□

たの
楽しむ ▶ 他五 享受，欣賞，快 | 音楽を楽しむ。
樂；以…為消遣；期 | 欣賞音樂。
待，盼望

11 □□□

けしき
景色 ▶ 名 景色，風景 | 景色がよい。
| 景色宜人。

12 □□□

み
見える ▶ 自下一 看見；看得見； | 星が見える。
看起來 | 看得見星星。

13 □□□

りょかん
旅館 ▶ 名 旅館 | 旅館の予約をとる。
| 訂旅館。

14 □□□

と
泊まる ▶ 自五 住宿，過夜； | ホテルに泊まる。
（船）停泊 | 住飯店。

參考答案 　❶ あんない 案内して 　❷ けんぶつ 見物して 　❸ たの 楽しんだ

住在東京的朋友為我導覽了新宿。

東京の友達が新宿を＿＿＿＿＿＿＿＿くれました。

① （1秒後）➡ 影子跟讀法

我計畫今天在京都觀光，明天前往大阪。

今日は京都を＿＿＿＿＿＿＿、明日は大阪に向かうつもりだ。

② （1秒後）➡ 影子跟讀法

一面欣賞夜景，一面慢慢品味一杯紅酒。

夜景を眺めながら、1杯のワインをゆっくり＿＿＿＿＿＿＿＿＿＿。

③ （1秒後）➡ 影子跟讀法

哇！這麼壯觀的景色在日本看不到吧！

うわあ。こんな＿＿＿＿＿＿＿、日本では見られないね。

④ （1秒後）➡ 影子跟讀法

從房間的窗戶可以遠望富士山。

部屋の窓から富士山が＿＿＿＿＿＿＿＿。

⑤ （1秒後）➡ 影子跟讀法

溫泉小鎮裡有許多旅館和旅店，很熱鬧。

温泉街はホテルや＿＿＿＿＿＿＿がたくさんあってにぎやかです。

⑥ （1秒後）➡ 影子跟讀法

我覺得住的地方最好在出發前就先預約。

＿＿＿＿＿＿＿ところは、出発前に予約した方がいいと思う。

⑦ （1秒後）➡ 影子跟讀法

④ 景色
⑤ 見えます
⑥ 旅館
⑦ 泊まる

15 ☐☐☐

お土産
（みやげ）
▶ 名 當地名産；禮物

お土産を買う。
（みやげ か）
買當地名産。
▶

10-2 文芸／
藝文活動 🎵

01 ☐☐☐

趣味
（しゅみ）
▶ 名 嗜好；趣味

趣味が多い。
（しゅみ おお）
興趣廣泛。
▶

02 ☐☐☐

番組
（ばんぐみ）
▶ 名 節目

番組が始まる。
（ばんぐみ はじ）
節目開始播放（開始的時間）。
▶

03 ☐☐☐

展覧会
（てんらんかい）
▶ 名 展覽會

美術展覧会を開く。
（びじゅってんらんかい ひら）
舉辦美術展覽。
▶

04 ☐☐☐

花見
（はなみ）
▶ 名 賞花（常指賞櫻）

花見に出かける。
（はなみ で）
外出賞花。
▶

05 ☐☐☐

人形
（にんぎょう）
▶ 名 娃娃・人偶

ひな祭りの人形を飾る。
（まつ にんぎょう かざ）
擺放女兒節的人偶。
▶

参考答案　❶ お土産（みやげ）　❷ 趣味（しゅみ）　❸ 番組（ばんぐみ）

買了兩條漂亮的手帕當作伴手禮。

＿＿＿＿＿＿は、きれいなハンカチを２枚、買いました。

① （1秒後）➡ 影子跟讀法

我的興趣是旅行。

私の＿＿＿＿＿＿は旅行です。

② （1秒後）➡ 影子跟讀法

這個節目將在這個月結束。

この＿＿＿＿＿＿は今月で終わります。

③ （1秒後）➡ 影子跟讀法

內田先生也特地來看了我的畫展。

私の絵の＿＿＿＿＿＿に、内田さんも来てくださった。

④ （1秒後）➡ 影子跟讀法

「賞櫻」指的是在春天欣賞櫻花。

「お＿＿＿＿＿＿」は、春に桜の花を見て楽しむことです。

⑤ （1秒後）➡ 影子跟讀法

女兒節的人偶一擺放出來，房間頓時變得很漂亮。

ひな祭りの＿＿＿＿＿＿を飾ったら、部屋がきれいになりました。

⑥ （1秒後）➡ 影子跟讀法

④ 展覧会　　　⑤ 花見　　　⑥ 人形

06 ☐☐☐

ピアノ ▸ ⑧ piano，鋼琴 ▸ ピアノを弾<ひ>く。
彈鋼琴。

07 ☐☐☐

コンサート ▸ ⑧ concert，音樂會 ▸ コンサートを開<ひら>く。
開演唱會。

08 ☐☐☐

ラップ ▸ ⑧ rap，饒舌樂，饒舌歌 ▸ ラップを聞<き>く。
聽饒舌音樂。

09 ☐☐☐

音<おと> ▸ ⑧（物體發出的）聲音；音訊 ▸ 音<おと>がいい。
音質好。

10 ☐☐☐

聞<き>こえる ▸ ⑲自下一 聽得見，能聽到；聽起來像是…；聞名 ▸ 音楽<おんがく>が聞<き>こえてくる。
聽得見音樂。

11 ☐☐☐

踊<おど>り ▸ ⑧ 舞蹈 ▸ 踊<おど>りがうまい。
舞跳得好。

12 ☐☐☐

踊<おど>る ▸ 自五 跳舞，舞蹈 ▸ お酒<さけ>を飲<の>んで踊<おど>る。
邊喝酒邊跳舞。

参考答案　❶ ピアノ　❷ コンサート　❸ ラップ

我想在過了 50 歲以後開始學鋼琴。

50歳を過ぎてから、＿＿＿＿＿を習い始めたいと思います。

① （1秒後）➡ 影子跟讀法

聽說演唱會在星期六和星期天各有一場，你要去哪一場呢？

＿＿＿＿＿が、土曜日と日曜日にあるそうですね。どちらに行きますか。

② （1秒後）➡ 影子跟讀法

我很喜歡饒舌音樂，時常聽。

＿＿＿＿＿ミュージックが好きで、よく聴いています。

③ （1秒後）➡ 影子跟讀法

已經習慣電車吵雜的聲響了。

電車の＿＿＿＿＿がうるさいのはもう慣れた。

④ （1秒後）➡ 影子跟讀法

大聲講話以便讓大家聽清楚。

みんなに＿＿＿＿＿ように大きな声で話します。

⑤ （1秒後）➡ 影子跟讀法

從3歲開始學習舞蹈。

3歳から＿＿＿＿＿を習い始めました。

⑥ （1秒後）➡ 影子跟讀法

您看過總經理邊喝酒邊跳舞的模樣嗎？

社長がお酒を飲んで＿＿＿＿＿のを見たことがありますか。

⑦ （1秒後）➡ 影子跟讀法

④ 音　　⑤ 聞こえる　　⑥ 踊り　　⑦ 踊る

13 □□□

うまい ▶ ㊙ 高明，拿手；好吃；巧妙；有好處

ピアノがうまい。
鋼琴彈奏得好。

10-3 年中行事／
節日 ♪

---

01 □□□

しょうがつ
正月 ▶ ㊂ 正月，新年

しょうがつ むか
正月を迎える。
迎新年。

---

02 □□□

まつ
お祭り ▶ ㊂ 慶典，祭典，廟會

まつ き ぶん
お祭り気分になる。
充滿節日氣氛。

---

03 □□□

おこな
行う・
おこ
行なう ▶ ㊗五 舉行，舉辦；修行

まつ おこな
お祭りを行う。
舉辦慶典。

---

04 □□□

いわ
お祝い ▶ ㊂ 慶祝，祝福；祝賀禮品

いわ はな
お祝いに花をもらった。
收到花作為賀禮。

---

05 □□□

いの
祈る ▶ ㊗五 祈禱；祝福

あんぜん いの
安全を祈る。
祈求安全。

女兒開車的技術比我還要好喔！

模仿

運転は娘の方が僕より＿＿＿＿＿んですよ。

① （1秒後）➡ 影子跟讀法

小孩子在新年時可以領到「紅包」。

模仿

子どもはお＿＿＿＿＿に「お年玉」がもらえます。

② （1秒後）➡ 影子跟讀法

觀賞了祭典上的舞蹈。

模仿

＿＿＿＿＿の踊りを見物した。

③ （1秒後）➡ 影子跟讀法

明天將要舉行考試。

模仿

明日、試験が＿＿＿＿＿。

④ （1秒後）➡ 影子跟讀法

人家送了我鏡子作為搬家的賀禮。

模仿

引っ越しの＿＿＿＿＿に、鏡をもらった。

⑤ （1秒後）➡ 影子跟讀法

為您祈求一路平安。

模仿

道中のご無事をお＿＿＿＿＿申し上げます。

⑥ （1秒後）➡ 影子跟讀法

④ 行われます　⑤ お祝い　⑥ 祈り

06 □□□

プレゼント ▸ 名・他サ present，禮物 ▸ プレゼントをもらう。
收到禮物。

07 □□□

<ruby>贈<rt>おく</rt></ruby>り<ruby>物<rt>もの</rt></ruby> ▸ 名 贈品，禮物 ▸ <ruby>贈<rt>おく</rt></ruby>り<ruby>物<rt>もの</rt></ruby>を<ruby>贈<rt>おく</rt></ruby>る。
贈送禮物。

08 □□□

<ruby>美<rt>うつく</rt></ruby>しい ▸ 形 美好的；美麗的，好看的 ▸ <ruby>月<rt>つき</rt></ruby>が<ruby>美<rt>うつく</rt></ruby>しい。
美麗的月亮。

09 □□□

<ruby>上<rt>あ</rt></ruby>げる ▸ 他下一 給；送；交出；獻出 ▸ <ruby>子<rt>こ</rt></ruby>どもにお<ruby>菓子<rt>かし</rt></ruby>をあげる。
給小孩零食。

10 □□□

<ruby>招待<rt>しょうたい</rt></ruby> ▸ 名・他サ 邀請 ▸ <ruby>招待<rt>しょうたい</rt></ruby>を<ruby>受<rt>う</rt></ruby>ける。
接受邀請。

11 □□□

お<ruby>礼<rt>れい</rt></ruby> ▸ 名 謝辭，謝禮 ▸ お<ruby>礼<rt>れい</rt></ruby>を<ruby>言<rt>い</rt></ruby>う。
道謝。

参考答案　❶ プレゼントします　❷ <ruby>贈<rt>おく</rt></ruby>り<ruby>物<rt>もの</rt></ruby>　❸ <ruby>美<rt>うつく</rt></ruby>しい

本節目將會致贈票券給正在收聽的各位聽眾作為禮物。

この番組を聞いているみなさんに、チケットを＿＿＿＿＿。

① （1秒後）➡ 影子跟讀法

到底該送什麼作為結婚賀禮呢？真傷腦筋。

結婚祝いにどんな＿＿＿＿をしようか、困っています。

② （1秒後）➡ 影子跟讀法

他身邊總是帶著漂亮的女生。

彼はいつも＿＿＿＿女性を連れている。

③ （1秒後）➡ 影子跟讀法

我們是警察！手舉高！

警察だ。手を＿＿＿＿！

④ （1秒後）➡ 影子跟讀法

朋友邀請我去了他家。

友達を家に＿＿＿＿＿。

⑤ （1秒後）➡ 影子跟讀法

送上這個作為謝禮。

＿＿＿＿に、これを差し上げます。

⑥ （1秒後）➡ 影子跟讀法

---

④ 上げろ　　⑤ 招待しました　　⑥ お礼

パート
11
第十一章

教育
教育

01 □□□

きょういく
教育 ▶ (名・他サ) 教育

きょういく う
教育を受ける。
接受教育。

02 □□□

しょうがっこう
小学校 ▶ (名) 小學

しょうがっこう あ
小学校に上がる。
上小學。

03 □□□

ちゅうがっこう
中学校 ▶ (名) 中學

ちゅうがっこう はい
中学校に入る。
上中學。

04 □□□

こうこう
高校・
こうとうがっこう
高等学校 ▶ (名) 高中

こうこう ねんせい
高校1年生になる。
成為高中1年級生。

05 □□□

がくぶ
学部 ▶ (名) …科系；…院系

り がく ぶ はい
理学部に入る。
進入理學院。

06 □□□

せんもん
専門 ▶ (名) 專門，專業

れき し がく せんもん
歴史学を専門にする。
專攻歷史學。

07 □□□

げん ご がく
言語学 ▶ (名) 語言學

げん ご がく けんきゅう つづ
言語学の研究を続ける。
持續研究語言學。

こんにちは。

（1秒後）こんにちは。

1
我們公司對於員工教育不遺餘力。
うちの会社では社員の＿＿＿＿に力を入れています。
（1秒後）➡影子跟讀法

2
進入小學就讀時家裡買給我的書桌，直到現在我還在用。
＿＿＿＿入学のとき買ってもらった机を、今でも使っている。
（1秒後）➡影子跟讀法

3
如果天氣晴朗，請在早上10點前到中學集合。
天気が良かったら、午前10時までに＿＿＿＿にお集まりください。
（1秒後）➡影子跟讀法

4
大家好，我叫雪繪，今年17歲，是高中2年級學生。
こんにちは、ゆきえです。17歳です。＿＿＿＿2年生です。
（1秒後）➡影子跟讀法

5
想進入醫學系必須成績優異才行。
医＿＿＿＿に入るには、成績がよくなければならない。
（1秒後）➡影子跟讀法

6
請問您在研究所專攻什麼領域呢？
大学院での＿＿＿＿は何ですか。
（1秒後）➡影子跟讀法

7
往後仍將持續研究語言學。
これからも＿＿＿＿の研究を続けていきます。
（1秒後）➡影子跟讀法

| ④ 高校 | ⑤ 学部 | ⑥ 専門 | ⑦ 言語学 |

151

08 □□□

けいざいがく
経済学 ▶ ㊟ 經濟學

けいざいがく　べんきょう　はじ
経済学の勉強を始める。
開始研讀經濟學。

09 □□□

い がく
医学 ▶ ㊟ 醫學

い がく ぶ　はい
医学部に入る。
考上醫學系。

10 □□□

けんきゅうしつ
研究室 ▶ ㊟ 研究室

けんきゅうしつ　し ごと
研究室で仕事をする。
在研究室工作。

11 □□□

か がく
科学 ▶ ㊟ 科學

か がくしゃ
科学者になりたい。
想當科學家。

12 □□□

すうがく
数学 ▶ ㊟ 數學

えい ご　　　　　　いちばん
英語はクラスで一番だが、
すうがく
数学はだめだ。
我英文是全班第一，但是數學不行。

13 □□□

れき し
歴史 ▶ ㊟ 歴史

れき し　　くわ
ワインの歴史に詳しい。
精通紅葡萄酒歷史。

14 □□□

けんきゅう
研究 ▶ ㊟・他サ 研究

ぶんがく　　けんきゅう
文学を研究する。
研究文學。

参考答案
けいざいがく
① 経済学
い がく
② 医学
けんきゅうしつ
③ 研究室

152

影子跟讀法請看 P5

自從來到日本以後開始研讀了經濟學。

日本に来てから＿＿＿＿＿の勉強を始めました。

① （1秒後）➡ 影子跟讀法

我怎麼可能考得上醫學系！

僕が＿＿＿＿部に入れるはずがない。

② （1秒後）➡ 影子跟讀法

打了電話到田中老師的研究室，但是沒有人接聽。

田中先生の＿＿＿＿に電話をかけたが、誰もいなかった。

③ （1秒後）➡ 影子跟讀法

弟弟說想當科學家，每天都用功讀書。

弟は、＿＿＿＿者になりたいといって、勉強しています。

④ （1秒後）➡ 影子跟讀法

我告訴朋友數學題目的答案了。

友達に、＿＿＿＿の問題の答えを教えてやりました。

⑤ （1秒後）➡ 影子跟讀法

最近的年輕人似乎不太讀歷史書。

最近の若者は、あまり＿＿＿＿の本を読まないようだ。

⑥ （1秒後）➡ 影子跟讀法

每天游一小時，然後看錄下來的影片，檢討自己的游泳動作。

毎日1時間泳いで、そしてビデオを見て、自分の泳ぎ方を＿＿＿＿＿。

⑦ （1秒後）➡ 影子跟讀法

④ 科学　⑤ 数学　⑥ 歴史　⑦ 研究します

11-2 学生生活／
學生生活

01 □□□

にゅうがく
入学 ▶ (名・自サ) 入學

だいがく にゅうがく
大学に入学する。
上大學。

02 □□□

よしゅう
予習 ▶ (名・他サ) 預習

あした すうがく よしゅう
明日の数学を予習する。
預習明天的數學。

03 □□□

ふくしゅう
復習 ▶ (名・他サ) 複習

ふくしゅう た
復習が足りない。
複習做得不夠。

04 □□□

け
消しゴム ▶ (名) 消し＋(荷)gom，橡皮擦

け け
消しゴムで消す。
用橡皮擦擦掉。

05 □□□

こうぎ
講義 ▶ (名・他サ) 講義，上課，大學課程

こうぎ で
講義に出る。
上課。

06 □□□

じてん
辞典 ▶ (名) 字典

じてん ひ
辞典を引く。
查字典。

07 □□□

ひるやす
昼休み ▶ (名) 午休

ひるやす と
昼休みを取る。
午休。

我買了自行車送給弟弟作為入學賀禮。

① 弟の＿＿＿＿＿＿＿祝いに自転車を買ってやりました。

（1秒後）➡ 影子跟讀法

預習是為了知道「哪裡不懂」所做的準備。

② ＿＿＿＿＿＿＿は「どこがわからないか」を知るために行うものです。

（1秒後）➡ 影子跟讀法

成為中學生之後，預習和複習都必須自己來。

③ 中学生になったら、予習と＿＿＿＿＿＿＿を自分でやらなければなりません。

（1秒後）➡ 影子跟讀法

橡皮擦不知道到哪裡去了。

④ ＿＿＿＿＿＿＿がどこかに行ってしまった。

（1秒後）➡ 影子跟讀法

星期二從9點開始上課。

⑤ 火曜日は9時から＿＿＿＿＿＿＿がある。

（1秒後）➡ 影子跟讀法

後天的課程必須用到辭典，請務必帶來。

⑥ あさっての授業には＿＿＿＿＿＿＿が必要なので、必ず持って来るようにということです。

（1秒後）➡ 影子跟讀法

在午休時段大家一起做體操是這家公司的慣例。

⑦ ＿＿＿＿＿＿＿にみんなで体操をするのは、この会社の習慣です。

（1秒後）➡ 影子跟讀法

④ 消しゴム　⑤ 講義　⑥ 辞典　⑦ 昼休み

08 □□□

試験(しけん) ▶ (名・他サ) 試驗;考試

試験(しけん)がうまくいく。
考試順利,考得好。

09 □□□

レポート ▶ (名・他サ) report,報告

レポートを書(か)く。
寫報告。

10 □□□

前期(ぜんき) ▶ (名) 初期・前期・上半期

前期(ぜんき)の授業(じゅぎょう)が終(お)わった。
上學期的課程結束了。

11 □□□

後期(こうき) ▶ (名) 後期,下半期,後半期

後期(こうき)に入(はい)る。
進入後期。

12 □□□

卒業(そつぎょう) ▶ (名・自サ) 畢業

大学(だいがく)を卒業(そつぎょう)する。
大學畢業。

13 □□□

卒業式(そつぎょうしき) ▶ (名) 畢業典禮

卒業式(そつぎょうしき)に出(で)る。
參加畢業典禮。

14 □□□

英会話(えいかいわ) ▶ (名) 英語會話

英会話(えいかいわ)を身(み)につける。
學會英語會話。

明天會發表考試結果。

_____の結果は明日発表いたします。
けっか　　　あした　はっぴょう

① （1秒後）➡ 影子跟讀法

我會幫你改報告，完成後拿過來。

直してあげるから、_____ができたら持ってきな
なお　　　　　　　　　　　　　　　　　　　　　　も
さい。

② （1秒後）➡ 影子跟讀法

今天是上半期課程的最後一天。

_____の授業は今日で最後です。
じゅぎょう　きょう　さいご

③ （1秒後）➡ 影子跟讀法

進入孕期後期，終於快要生產了。

妊娠_____に入ると、いよいよ出産も近づいてき
にんしん　　　　はい　　　　　　　　　しゅっさん　ちか
ます。

④ （1秒後）➡ 影子跟讀法

我想在大學畢業前考到證照。

大学_____までに資格を取りたい。
だいがく　　　　　　　しかく　と

⑤ （1秒後）➡ 影子跟讀法

畢業典禮順利結束，學生生涯終於劃下句點了。

_____も無事に終わって、学生生活もとうとう終
ぶ じ　　　お　　　がくせいせいかつ　　　　　　お
わってしまった。

⑥ （1秒後）➡ 影子跟讀法

在上英語會話課之前先查好新的詞彙。

_____のレッスンの前に、新しい言葉を調べてお
まえ　　あたら　　ことば　　しら
きます。

⑦ （1秒後）➡ 影子跟讀法

④ 後期　　⑤ 卒業　　⑥ 卒業式　　⑦ 英会話
こうき　　　そつぎょう　　そつぎょうしき　　えいかいわ

15 ☐☐☐

しょしんしゃ
初心者 ▶ 名 初學者 ▶ テニスの初心者に向ける。
以網球初學者為對象。

16 ☐☐☐

にゅうもんこう ざ
入門講座 ▶ 名 入門課程，初級 入門講座を終える。
課程 結束入門課程。

17 ☐☐☐

かんたん
簡単 ▶ 形動 簡單；輕易；簡 簡単になる。
便 變得簡單。

18 ☐☐☐

こた
答え ▶ 名 回答；答覆；答案 答えが合う。
答案正確。

19 ☐☐☐

まちが
間違える ▶ 他下一 錯；弄錯 同じところを間違える。
錯同樣的地方。

20 ☐☐☐

うつ
写す ▶ 他五 抄；照相；描寫， ノートを写す。
描繪 抄筆記。

21 ☐☐☐

せん
線 ▶ 名 線；線路；界限 線を引く。
畫條線。

參考答案 ❶ 初心者 ❷ 入門講座 ❸ 簡単

所謂初學者是指第一次學習的人，或是剛剛學習的人。

_____とは、初めて習う人、習い始めたばかりの人の
ことです。

① （1秒後）➡ 影子跟讀法

那是初學者也能夠輕鬆聽懂的入門講座。

それは初心者にも分かりやすい_____です。

② （1秒後）➡ 影子跟讀法

新上市的相機聽說更容易操作使用。

新しく出るカメラ、もっと_____になるんだっ
て。

③ （1秒後）➡ 影子跟讀法

考試的答案，已經寫好了。

テストの_____は、もう書きました。

④ （1秒後）➡ 影子跟讀法

找錯零，挨罵了。

おつりの計算を_____、叱られた。

⑤ （1秒後）➡ 影子跟讀法

「拍相片」和「照相片」是相同的意思。

「写真を_____」と「写真を撮る」は同じ意味で
す。

⑥ （1秒後）➡ 影子跟讀法

在車站的月台上要站在白線後面。

駅のホームでは白い_____の内側に立ちます。

⑦ （1秒後）➡ 影子跟讀法

④ 答え　⑤ 間違えて　⑥ 写す　⑦ 線

159

22 ☐☐☐

点
てん

▸ ②名 點；方面；（得）分

点を取る。
てん　と

得分。

23 ☐☐☐

落ちる
お

▸ 自上一 落下；掉落；
降低，下降；落選

２階の教室から落ちる。
かい　きょうしつ　　　　お

從２樓的教室摔下來。

24 ☐☐☐

利用
りよう

▸ 名・他サ 利用

機会を利用する。
きかい　　りよう

利用機會。

25 ☐☐☐

苛める
いじ

▸ 他下一 欺負，虐待；
捉弄；折磨

新入生を苛める。
しんにゅうせい　　いじ

欺負新生。

26 ☐☐☐

眠たい
ねむ

▸ 形 昏昏欲睡，睏倦

眠たくてお布団に入りた
ねむ　　　　　ふとん　　はい
い。

覺得睏，好想鑽到被子裡。

こんにちは。

（1秒後）こんにちは。

影子跟讀法請看 P5

11

教育

我少了一分，沒通過考試。

1 _____足りなくて、試験に落ちてしまった。

① （1秒後）➡ 影子跟讀法

樹葉飄落路面了。

木の葉が道に_____いました。

② （1秒後）➡ 影子跟讀法

感謝各位乘客搭乘市營地鐵。

本日も市営地下鉄をご_____いただき、ありがとうございます。

③ （1秒後）➡ 影子跟讀法

每天都被霸凌，我再也不想上學了。

毎日_____、もう学校に行きたくない。

④ （1秒後）➡ 影子跟讀法

如果覺得睏，就去用冷水洗把臉！

_____ら冷たい水で顔を洗ってきなさい。

⑤ （1秒後）➡ 影子跟讀法

④ いじめられて　⑤ 眠たかった

パート 12 第十二章 職業、仕事
職業、工作

12-1 職業、事業／職業、事業

01 □□□

受付（うけつけ）
▶ 名 詢問處；受理；接待員

受付で名前などを書く。
在櫃臺填寫姓名等資料。 ▶

02 □□□

運転手（うんてんしゅ）
▶ 名 司機

電車の運転手になる。
成為電車的駕駛員。 ▶

03 □□□

看護師（かんごし）
▶ 名 護理師，護士

看護師になる。
成為護士。 ▶

04 □□□

警官（けいかん）
▶ 名 警察；巡警

兄は警官になった。
哥哥當上警察了。 ▶

05 □□□

警察（けいさつ）
▶ 名 警察；警察局

警察を呼ぶ。
叫警察。 ▶

06 □□□

校長（こうちょう）
▶ 名 校長

校長先生が話されます。
校長要致詞了。 ▶

07 □□□

公務員（こうむいん）
▶ 名 公務員

公務員試験を受ける。
報考公務員考試。 ▶

參考答案　❶ 受付（うけつけ）　❷ 運転手（うんてんしゅ）　❸ 看護師（かんごし）

影子跟讀法請看 P5

如果訂6點在會場報到處集合，你覺得如何？

6時に会場の＿＿＿＿＿のところに集まったらどうでしょう。

① （1秒後）➡ 影子跟讀法

我的夢想是成為電車的駕駛員。

電車の＿＿＿＿＿になるのが夢です。

② （1秒後）➡ 影子跟讀法

我以前想當音樂老師，現在則希望成為護理師。

前は音楽の先生になりたいと思っていました。今は＿＿＿＿＿になろうと思っています。

③ （1秒後）➡ 影子跟讀法

我以警官的身分為社會服務。

僕は＿＿＿＿＿として社会のために働く。

④ （1秒後）➡ 影子跟讀法

警察為我們抓到了竊賊。

＿＿＿＿＿が泥棒を捕まえてくれた。

⑤ （1秒後）➡ 影子跟讀法

校長要致詞了，大家保持安靜！

＿＿＿＿＿先生が話されます。静かにしましょう。

⑥ （1秒後）➡ 影子跟讀法

不同於以往，現在的公務員工作繁重。

昔と違って今は＿＿＿＿＿も大変です。

⑦ （1秒後）➡ 影子跟讀法

---

④ 警官　　⑤ 警察　　⑥ 校長　　⑦ 公務員

08 ☐☐☐

<ruby>歯医者<rt>は いしゃ</rt></ruby> ▸ 名 牙醫

<ruby>歯医者<rt>は いしゃ</rt></ruby>に<ruby>行<rt>い</rt></ruby>く。
看牙醫。 ▸

09 ☐☐☐

アルバイト 名（德）arbeit 之略，打工，副業

<ruby>書店<rt>しょてん</rt></ruby>でアルバイトをする。
在書店打工。 ▸

10 ☐☐☐

<ruby>新聞社<rt>しんぶんしゃ</rt></ruby> ▸ 名 報社

<ruby>新聞社<rt>しんぶんしゃ</rt></ruby>に<ruby>勤<rt>つと</rt></ruby>める。
在報社上班。 ▸

11 ☐☐☐

<ruby>工業<rt>こうぎょう</rt></ruby> ▸ 名 工業

<ruby>工業<rt>こうぎょう</rt></ruby>を<ruby>盛<rt>さか</rt></ruby>んにする。
振興工業。 ▸

12 ☐☐☐

<ruby>時給<rt>じ きゅう</rt></ruby> ▸ 名 時薪

<ruby>時給<rt>じ きゅう</rt></ruby> 900 <ruby>円<rt>えん</rt></ruby>の<ruby>仕事<rt>し ごと</rt></ruby>を<ruby>選<rt>えら</rt></ruby>ぶ。
選擇時薪 900 圓的工作。 ▸

13 ☐☐☐

<ruby>見付<rt>み つ</rt></ruby>ける ▸ 他下一 找到，發現；目睹

<ruby>仕事<rt>し ごと</rt></ruby>を<ruby>見<rt>み</rt></ruby>つける。
找工作。 ▸

14 ☐☐☐

<ruby>探<rt>さが</rt></ruby>す・<ruby>捜<rt>さが</rt></ruby>す ▸ 他五 尋找，找尋

アルバイトを<ruby>探<rt>さが</rt></ruby>す。
尋找打工。 ▸

參考答案　① <ruby>歯医者<rt>は いしゃ</rt></ruby>　② アルバイト　③ <ruby>新聞社<rt>しんぶんしゃ</rt></ruby>

請牙醫師裝了兩顆全瓷牙冠。

_____にセラミックの歯を２本入れてもらった。

① （1秒後）➡ 影子跟讀法

大澤一天到晚忙著打工，成績卻很優異。

大沢君は、_____ばかりしているのに、成績がいい。

② （1秒後）➡ 影子跟讀法

學生說他將來想到報社工作。

学生は、将来_____に勤めたいと言っている。

③ （1秒後）➡ 影子跟讀法

對工業用製品而言，尼龍是不可或缺的原材料。

ナイロンは_____用製品にとってなくてはならない素材である。

④ （1秒後）➡ 影子跟讀法

如果在便利商店打工的話，時薪大概多少錢呢？

コンビニエンスストアでアルバイトすると、_____はいくらぐらいですか。

⑤ （1秒後）➡ 影子跟讀法

等到滿 20 歲，我想找地方工作。

二十歳になったら仕事を_____働きたい。

⑥ （1秒後）➡ 影子跟讀法

等孩子上小學了以後，我想去找個工作兼差。

子どもが小学生になったら、パートの仕事を_____と思う。

⑦ （1秒後）➡ 影子跟讀法

④ 工業　　⑤ 時給　　⑥ 見つけて　　⑦ 探そう

12-2 仕事／
職場工作 ♪

01 ☐☐☐

けいかく
計画 ▶ 名・他サ 計劃

けいかく た
計画を立てる。
制定計畫。 ▶

02 ☐☐☐

よ てい
予定 ▶ 名・他サ 預定

よ てい か
予定が変わる。
改變預定計劃。 ▶

03 ☐☐☐

と ちゅう
途中 ▶ 名 半路上，中途；半途 ▶

と ちゅう や
途中で止める。
中途停下來。 ▶

04 ☐☐☐

かた づ
片付ける ▶ 他下一 收拾，打掃；
解決

かた づ
ファイルを片付ける。
整理檔案。 ▶

05 ☐☐☐

たず
訪ねる ▶ 他下一 拜訪，訪問 ▶

きゃく たず
お客さんを訪ねる。
拜訪顧客。 ▶

06 ☐☐☐

よう
用 ▶ 名 事情；用途

よう
用がすむ。
工作結束。 ▶

07 ☐☐☐

よう じ
用事 ▶ 名 事情；工作

よう じ
用事がある。
有事。 ▶

參考答案 ❶ けいかく 計画 ❷ よ てい 予定 ❸ と ちゅう 途中

關於往後的計畫容我在此說明。

これからの＿＿＿＿についてご説明いたします。

① （1秒後）➡ 影子跟讀法

我計畫下週五回去。

来週の金曜日に帰る＿＿＿＿です。

② （1秒後）➡ 影子跟讀法

前往蔬果店的途中，我在蛋糕店買了冰淇淋。

八百屋に行く＿＿＿＿、ケーキ屋でアイスクリームを買った。

③ （1秒後）➡ 影子跟讀法

桌子只留下3張就好，其他的請收起來。

テーブルは三つだけにして、他は＿＿＿＿ください。

④ （1秒後）➡ 影子跟讀法

見到兒女和孫兒來探望，令祖父看起來很開心呢！

お祖父さんは子どもや孫たちが＿＿＿＿きて嬉しそうだ。

⑤ （1秒後）➡ 影子跟讀法

我不想看到你（沒你的事），滾回去！

おまえに＿＿＿＿はない。帰れ。

⑥ （1秒後）➡ 影子跟讀法

不好意思，因為有事所以沒辦法去。

すみません。＿＿＿＿があるので行けません。

⑦ （1秒後）➡ 影子跟讀法

④ 片付けて　⑤ 訪ねて　⑥ 用　⑦ 用事

08 □□□

<ruby>両方<rt>りょうほう</rt></ruby>
▶ 名 兩方，兩種

<ruby>両方<rt>りょうほう</rt></ruby>の<ruby>意見<rt>いけん</rt></ruby>を<ruby>聞<rt>き</rt></ruby>く。
聽取雙方意見。 ▶

09 □□□

<ruby>都合<rt>つごう</rt></ruby>
▶ 名 情況，方便度

<ruby>都合<rt>つごう</rt></ruby>が<ruby>悪<rt>わる</rt></ruby>い。
不方便。 ▶

10 □□□

<ruby>手伝<rt>てつだ</rt></ruby>う
▶ 自他五 幫忙

イベントを<ruby>手伝<rt>てつだ</rt></ruby>う。
幫忙做活動。 ▶

11 □□□

<ruby>会議<rt>かいぎ</rt></ruby>
▶ 名 會議

<ruby>会議<rt>かいぎ</rt></ruby>が<ruby>始<rt>はじ</rt></ruby>まる。
會議開始。 ▶

12 □□□

<ruby>技術<rt>ぎじゅつ</rt></ruby>
▶ 名 技術

<ruby>技術<rt>ぎじゅつ</rt></ruby>が<ruby>進<rt>すす</rt></ruby>む。
技術更進一步。 ▶

13 □□□

<ruby>売り場<rt>う ば</rt></ruby>
▶ 名 賣場，出售處；
出售好時機

<ruby>売り場<rt>う ば</rt></ruby>へ<ruby>行<rt>い</rt></ruby>く。
去賣場。 ▶

14 □□□

オフ
▶ 名 off，（開關）關；
休假；休賽；折扣

25パーセントオフにする。
打 75 折。 ▶

参考答案　　❶ <ruby>両方<rt>りょうほう</rt></ruby>　　❷ <ruby>都合<rt>つごう</rt></ruby>　　❸ <ruby>手伝<rt>てつだ</rt></ruby>って

肺部左右兩邊都有，但是右側的比較大。

肺は左右＿＿＿＿＿にあるが、右側の方が大きい。

① （1秒後）➡ 影子跟讀法

因為妹妹時間不方便，所以就派我去了。

妹が＿＿＿＿＿が悪くなったから、僕が行かされた。

② （1秒後）➡ 影子跟讀法

我無論何時都樂於幫你的忙。

いつでも、＿＿＿＿＿あげます。

③ （1秒後）➡ 影子跟讀法

請在會議開始之前關掉手機電源。

＿＿＿＿＿の前に、携帯電話の電源を切っておきます。

④ （1秒後）➡ 影子跟讀法

醫療技術再怎麼進步，總是躲不過老化與死亡。

どんなに医療＿＿＿＿＿が進んでも、老いと死は避けられない。

⑤ （1秒後）➡ 影子跟讀法

敬告各位貴賓，專櫃已於上個月異動。

お客様にお知らせします。先月、＿＿＿＿＿が変わりました。

⑥ （1秒後）➡ 影子跟讀法

不上班的日子，早上可以盡情睡到飽再起床。

＿＿＿＿＿の日は、朝ゆっくり起きてもいい。

⑦ （1秒後）➡ 影子跟讀法

④ 会議　　⑤ 技術　　⑥ 売り場　　⑦ オフ

01 □□□

おく
遅れる ▶ 自下一 遅到；緩慢 ▶ 会社に遅れる。
上班遲到。

02 □□□

がん ば
頑張る ▶ 自五 努力，加油；堅持 ▶ 最後まで頑張るぞ。
要堅持到底啊。

03 □□□

きび
厳しい ▶ 形 嚴格；嚴重；嚴酷 ▶ 仕事が厳しい。
工作艱苦。

04 □□□

な
慣れる ▶ 自下一 習慣；熟悉 ▶ 新しい仕事に慣れる。
習慣新的工作。

05 □□□

で き
出来る ▶ 自上一 完成；能夠； ▶ 計画ができた。
做出；發生；出色 計畫完成了。

06 □□□

しか
叱る ▶ 他五 責備，責罵 ▶ 部長に叱られた。
被部長罵了。

07 □□□

あやま
謝る ▶ 自五 道歉，謝罪；認 ▶ 君に謝る。
錯；謝絕 向你道歉。

10 點開始開會，請切勿遲到。

10時から会議です。＿＿＿＿＿ないように。

① （1秒後）➡ 影子跟讀法

加油！只要努力就辦得到！

＿＿＿＿＿！やればできる。

② （1秒後）➡ 影子跟讀法

這次新上任的經理聽說要求很嚴格。

今度の新しい部長は、＿＿＿＿＿人だそうです。

③ （1秒後）➡ 影子跟讀法

我已經習慣被經理罵了。

部長に叱られるのは、もう＿＿＿＿＿。

④ （1秒後）➡ 影子跟讀法

薪資視具有外語能力與否而有所不同。

外国語が＿＿＿＿＿かどうかで、給料が違います。

⑤ （1秒後）➡ 影子跟讀法

由於結帳收銀太慢，總是遭到客人的責備。

レジを打つのが遅いため、いつもお客さんに＿＿＿＿＿。

⑥ （1秒後）➡ 影子跟讀法

有些事只要道歉就可以原諒，有些事就算道歉也不值得原諒。

＿＿＿＿＿ば済むことと、＿＿＿＿＿も済まないことがある。

⑦ （1秒後）➡ 影子跟讀法

④ 慣れました　⑤ できる　⑥ 叱られます　⑦ 謝れ、謝って

171

08 □□□

さ
下げる ▶ (他下一) 降低，向下；
掛；躲開；整理，收
拾

<ruby>頭<rt>あたま</rt></ruby>を<ruby>下<rt>さ</rt></ruby>げる。
低下頭。 ▶

09 □□□

や
辞める ▶ (他下一) 停止；取消；
離職

<ruby>仕事<rt>し ごと</rt></ruby>を<ruby>辞<rt>や</rt></ruby>める。
辭去工作。 ▶

10 □□□

き かい
機会 ▶ (名) 機會

<ruby>機会<rt>き かい</rt></ruby>を<ruby>得<rt>え</rt></ruby>る。
得到機會。 ▶

11 □□□

いち ど
一度 ▶ (名・副) 一次，一回；
一旦

もう<ruby>一度<rt>いち ど</rt></ruby><ruby>説明<rt>せつめい</rt></ruby>してくださ
い。
請再說明一次。 ▶

12 □□□

つづ
続く ▶ (自五) 繼續；接連；跟
著

<ruby>彼<rt>かれ</rt></ruby>は<ruby>続<rt>つづ</rt></ruby>いてそれを<ruby>説明<rt>せつめい</rt></ruby>し
た。
他接下來就那件事進行說明。 ▶

13 □□□

つづ
続ける ▶ (他下一) 持續，繼續；
接著

<ruby>話<rt>はなし</rt></ruby>を<ruby>続<rt>つづ</rt></ruby>ける。
繼續講。 ▶

14 □□□

ゆめ
夢 ▶ (名) 夢

<ruby>夢<rt>ゆめ</rt></ruby>を<ruby>見<rt>み</rt></ruby>る。
做夢。 ▶

参考答案　　❶ <ruby>下<rt>さ</rt></ruby>げる　　❷ <ruby>辞<rt>や</rt></ruby>めた　　❸ <ruby>機会<rt>き かい</rt></ruby>

影子跟讀法請看 P5

我們主管只會向位階比他高的人低頭致歉。

うちの上司は、地位の高い人にだけ頭を_____。

① （1秒後）➡ 影子跟讀法

這樣一想，還是離職比較好。

こう考えると、会社を_____ほうがいい。

② （1秒後）➡ 影子跟讀法

好不容易才學會的日語總是遇不到發揮的機會。

せっかく覚えた日本語をなかなか使う_____がない。

③ （1秒後）➡ 影子跟讀法

真想爬一次富士山啊！

_____富士山に登ってみたいな。

④ （1秒後）➡ 影子跟讀法

這是流行性感冒喔，說不定會連續高燒３天。

これはインフルエンザですね。３日ほど高い熱が_____かもしれません。

⑤ （1秒後）➡ 影子跟讀法

要持續寫部落格需要很大的毅力。

ブログを書き_____のは、けっこう大変なことだ。

⑥ （1秒後）➡ 影子跟讀法

已過世的奶奶出現在我的夢裡。

_____に死んだ祖母が出てきた。

⑦ （1秒後）➡ 影子跟讀法

---

④ 一度　　⑤ 続く　　⑥ 続ける　　⑦ 夢

15 □□□

パート

▶ 名 part，打工；部分，篇，章；職責，（扮演的）角色；分得的一份

▶ パートで<ruby>働<rt>はたら</rt></ruby>く。
打零工。

16 □□□

<ruby>手伝<rt>て つだ</rt></ruby>い

▶ 名 幫助；幫手；幫傭

<ruby>手伝<rt>て つだ</rt></ruby>いを<ruby>頼<rt>たの</rt></ruby>む。
請求幫忙。

17 □□□

<ruby>会議室<rt>かい ぎ しつ</rt></ruby>

▶ 名 會議室

<ruby>会議室<rt>かい ぎ しつ</rt></ruby>に<ruby>入<rt>はい</rt></ruby>る。
進入會議室。

18 □□□

<ruby>部長<rt>ぶ ちょう</rt></ruby>

▶ 名 部長，經理

<ruby>部長<rt>ぶ ちょう</rt></ruby>は<ruby>厳<rt>きび</rt></ruby>しい<ruby>人<rt>ひと</rt></ruby>だ。
經理是個很嚴格的人。

19 □□□

<ruby>課長<rt>か ちょう</rt></ruby>

▶ 名 課長，科長

<ruby>課長<rt>か ちょう</rt></ruby>になる。
成為科長。

20 □□□

<ruby>進<rt>すす</rt></ruby>む

▶ 自五 進展，前進；上升（級別等）；進步；（鐘）快；引起食慾；（程度）提高

<ruby>仕事<rt>し ごと</rt></ruby>が<ruby>進<rt>すす</rt></ruby>む。
工作進展下去。

21 □□□

チェック

▶ 名・他サ check，檢查

チェックが<ruby>厳<rt>きび</rt></ruby>しい。
檢驗嚴格。

参考答案　① パート　② <ruby>手伝<rt>て つだ</rt></ruby>い　③ <ruby>会議室<rt>かい ぎ しつ</rt></ruby>

家母目前每星期在超市打工3天。

母はスーパーで週3日、_____をしています。

① （1秒後）➡ 影子跟讀法

我協助住院患者用餐。

入院している人の食事の_____をします。

② （1秒後）➡ 影子跟讀法

請把這個箱子搬去會議室。

この箱は、_____に運んでください。

③ （1秒後）➡ 影子跟讀法

經理為人嚴謹，不允許部屬遲到。

_____は遅刻を許さない厳しい人です。

④ （1秒後）➡ 影子跟讀法

科長仔細檢查了我交上去的文件。

_____に書類を細かくチェックされました。

⑤ （1秒後）➡ 影子跟讀法

往前走800公尺左右，過橋後的左邊有一座網球場。

800メートルくらい_____、橋を渡ると、左にテニスコートがあります。

⑥ （1秒後）➡ 影子跟讀法

舉凡經過這裡的車輛全部都經過了嚴格的查核。

ここを通る車はすべて厳しく_____されました。

⑦ （1秒後）➡ 影子跟讀法

④ 部長　⑤ 課長　⑥ 進み　⑦ チェック

22 ☐☐☐

別_{べつ}
> (名・形動) 別外，別的；區別

別^{べつ}の機会^{きかい}に会^あおう。
找別的機會碰面吧。

23 ☐☐☐

迎^{むか}える
> (他下一) 迎接；邀請；娶，招；迎合

客^{きゃく}を迎^{むか}える。
迎接客人。

24 ☐☐☐

済^すむ
> (自五) （事情）完結，結束；過得去，沒問題；（問題）解決，（事情）了結

用事^{ようじ}が済^すんだ。
辦完事了。

25 ☐☐☐

寝坊^{ねぼう}
> (名・形動・自サ) 睡懶覺，貪睡晚起的人

寝坊^{ねぼう}して会社^{かいしゃ}に遅^{おく}れた。
睡過頭，上班遲到。

12-4 パソコン関係／電腦相關 ♪

01 ☐☐☐

ノートパソコン
> (名) notebook personal computer 之略，筆記型電腦

ノートパソコンを買^かう。
買筆電。

02 ☐☐☐

デスクトップパソコン
> (名) desktop personal computer，桌上型電腦

デスクトップパソコンを買^かう。
購買桌上型電腦。

参考答案 ① 別^{べつ} ② 迎^{むか}え ③ 済^すませた

他都已經有女朋友了，卻還愛上了別人。

① 彼女がいるのに、＿＿＿＿の人を好きになってしまいました。

（1秒後）➡ 影子跟讀法

爸爸開車來接我了。

② 父が車で＿＿＿＿に来てくれた。

（1秒後）➡ 影子跟讀法

早餐用麵包和咖啡打發了。

③ 朝食はパンとコーヒーで＿＿＿＿。

（1秒後）➡ 影子跟讀法

我睡過頭，害朋友足足等了一個鐘頭。

④ ＿＿＿＿、友達を1時間も待たせてしまいました。

（1秒後）➡ 影子跟讀法

我用8萬圓買了這台筆記型電腦。

⑤ 私はこの＿＿＿＿を8万円で買いました。

（1秒後）➡ 影子跟讀法

在桌上型電腦桌面上設置了可愛的花型時鐘。

⑥ かわいい花のかたちの時計を＿＿＿＿に置いてみました。

（1秒後）➡ 影子跟讀法

④ 寝坊して　⑤ ノートパソコン　⑥ デスクトップパソコン

03 ☐☐☐

キーボード ▸ 名 keyboard，鍵盤；電腦鍵盤；電子琴 ▸ キーボードが壊^{こわ}れる。
鍵盤壊掉了。 ▸

04 ☐☐☐

マウス ▸ 名 mouse，滑鼠；老鼠 ▸ マウスを動^{うご}かす。
移動滑鼠。 ▸

05 ☐☐☐

スタートボタン ▸ 名 start button，（微軟作業系統的）開機鈕 ▸ スタートボタンを押^おす。
按開機鈕。 ▸

06 ☐☐☐

クリック ▸ 名・他サ click，喀嚓聲；按下（按鍵） ▸ ボタンをクリックする。
按按鍵。 ▸

07 ☐☐☐

入力^{にゅうりょく} ▸ 名・他サ 輸入；輸入數據 ▸ 名字^{みょうじ}を平仮名^{ひらがな}で入力^{にゅうりょく}する。
姓名以平假名鍵入。 ▸

08 ☐☐☐

（インター）ネット ▸ 名 internet，網際網路 ▸ インターネットの普及^{ふきゅう}。
網際網路的普及。 ▸

09 ☐☐☐

ホームページ ▸ 名 homepage，網站首頁；網頁（總稱） ▸ ホームページを作^{つく}る。
製作網頁。 ▸

參考答案　❶ キーボード　❷ マウス　❸ スタートボタン

這個鍵盤跟我正在用的鍵盤，按鍵的排列方式不同。

① この＿＿＿＿＿＿は私が使っているものと並び方が違います。
（1秒後）➡ 影子跟讀法

我不知道滑鼠的使用方法。

② ＿＿＿＿＿＿の使い方が分かりません。
（1秒後）➡ 影子跟讀法

只要按下這部機器的紅色啟動按鈕，就會亮起來囉！

③ この機械の赤い＿＿＿＿＿＿を押したら電気が付きますよ。
（1秒後）➡ 影子跟讀法

移到起始按鈕按下右鍵就會出現起始表單。

④ スタートボタンを右＿＿＿＿＿＿すると、スタートメニューが出てきます。
（1秒後）➡ 影子跟讀法

請問可以用平假名輸入嗎？

⑤ 平仮名で＿＿＿＿＿＿することができますか。
（1秒後）➡ 影子跟讀法

在網路上搜尋了新生兒的姓名。

⑥ 赤ちゃんの名前を＿＿＿＿＿＿で調べてみた。
（1秒後）➡ 影子跟讀法

最新資訊刊登在網站首頁上。

⑦ 新しい情報は＿＿＿＿＿＿に載せています。
（1秒後）➡ 影子跟讀法

④ クリック　　⑤ 入力　　⑥ インターネット　　⑦ ホームページ

179

10 □□□

ブログ ▸ ㊂ blog，部落格 ▸ ブログに写真を載せる。
在部落格裡貼照片。 ▸

11 □□□

インストー
ル ▸ ㊙サ install，安裝（電
腦軟體） ▸ ソフトをインストールす
る。
安裝軟體。 ▸

12 □□□

じゅしん
受信 ▸ ㊂・他サ（郵件、電報
等）接收；收聽 ▸ ここでは受信できない。
這裡接收不到。 ▸

13 □□□

しん き さくせい
新規作成 ▸ ㊂・他サ 新作，從頭
做起；（電腦檔案）
開新檔案 ▸ ファイルを新規作成する。
開新檔案。 ▸

14 □□□

とうろく
登録 ▸ ㊂・他サ 登記；（法）
登記，註冊；記錄 ▸ パソコンで登録する。
用電腦註冊。 ▸

15 □□□

メール ▸ ㊂ mail，電子郵件；
信息；郵件 ▸ メールを送る。
送信。 ▸

16 □□□

メールアド
レス ▸ ㊂ mail address，電子
信箱地址，電子郵件
地址 ▸ メールアドレスを教える。
把電子郵件地址留給你。 ▸

参考答案　❶ ブログ　　❷ インストール　　❸ 受信

180

太慢更新部落格了，非常抱歉。

＿＿ ＿＿の更新が遅くなってしまい、大変申しわけ

ありません。

① （1秒後）➡ 影子跟讀法

把軟體灌進去以後，電腦就當機了。

ソフトを＿＿＿＿＿＿したら、パソコンが動かなく

なってしまった。

② （1秒後）➡ 影子跟讀法

收到的中文電子郵件變成亂碼了。

＿＿＿＿＿＿＿した中国語のメールが文字化けしてしまっ

た。

③ （1秒後）➡ 影子跟讀法

當看到新增檔案的畫面出現後，請點選新增檔案的按鈕。

＿＿＿＿＿＿＿の画面が現れましたら、＿＿＿＿＿＿ボタンを

クリックします。

④ （1秒後）➡ 影子跟讀法

密碼是您親自註冊過的4位數字。

暗証番号はご自身で＿＿＿＿＿＿していただいた４桁の

数字です。

⑤ （1秒後）➡ 影子跟讀法

都已經聯絡那麼多次了，就算再怎麼沒空，至少總會收個信吧？

何度も連絡したのに、いくら時間がなくても、＿＿＿＿＿＿を

見るぐらいできたでしょう？

⑥ （1秒後）➡ 影子跟讀法

我把電子郵件信箱留給你，有沒有紙筆呢？

僕の＿＿＿＿＿＿＿を教えますから、何か書くものは

ありますか。

⑦ （1秒後）➡ 影子跟讀法

④ 新規作成　⑤ 登録　⑥ メール　⑦ メールアドレス

17 □□□

アドレス ▶ ⓝ address，住址，地址；（電子信箱）地址；（高爾夫）撃球前姿勢

アドレス帳を開く。
打開通訊簿。 ▶

18 □□□

<ruby>宛先<rt>あてさき</rt></ruby> ▶ ⓝ 收件人姓名地址，送件地址

あて<ruby>先<rt>さき</rt></ruby>を<ruby>間違<rt>まちが</rt></ruby>えた。
寫錯收信人的地址。 ▶

19 □□□

<ruby>件名<rt>けんめい</rt></ruby> ▶ ⓝ （電腦）郵件主旨；項目名稱；類別

<ruby>件名<rt>けんめい</rt></ruby>をつける。
寫上主旨。 ▶

20 □□□

<ruby>挿入<rt>そうにゅう</rt></ruby> ▶ ⓝ・他サ 挿入，裝入

<ruby>図<rt>ず</rt></ruby>を<ruby>挿入<rt>そうにゅう</rt></ruby>する。
插入圖片。 ▶

21 □□□

<ruby>差出人<rt>さしだしにん</rt></ruby> ▶ ⓝ 發信人，寄件人 ▶

<ruby>差出人<rt>さしだしにん</rt></ruby>の<ruby>住所<rt>じゅうしょ</rt></ruby>を<ruby>書<rt>か</rt></ruby>く。
填上寄件人地址。 ▶

22 □□□

<ruby>添付<rt>てんぷ</rt></ruby> ▶ ⓝ・他サ 添上，附上；（電子郵件）附加檔案

ファイルを<ruby>添付<rt>てんぷ</rt></ruby>する。
附上文件。 ▶

23 □□□

<ruby>送信<rt>そうしん</rt></ruby> ▶ ⓝ・自サ 發送（電子郵件）；（電）發報，播送，發射

メールを<ruby>送信<rt>そうしん</rt></ruby>する。
寄電子郵件。 ▶

参考答案　❶ アドレス　❷ <ruby>宛先<rt>あてさき</rt></ruby>　❸ <ruby>件名<rt>けんめい</rt></ruby>

請告訴我電子郵件的帳號。

メール＿＿＿＿＿＿を教えてください。

① （1秒後）➡ 影子跟讀法

打錯電子郵件的帳號，結果被退回來了。

メールの＿＿＿＿＿＿を間違えて、戻ってきてしまった。

② （1秒後）➡ 影子跟讀法

寄送電子郵件時，主旨要寫得簡單扼要喔。

メールを送るときには、分かりやすい＿＿＿＿＿＿をつけましょう。

③ （1秒後）➡ 影子跟讀法

請在內頁的最後插入廣告。

本文の最後に広告を＿＿＿＿＿＿ください。

④ （1秒後）➡ 影子跟讀法

寫明信片的時候，寄件者的姓名要寫在明信片的正面。

はがきを書くときは、＿＿＿＿＿＿の名前ははがきの表に書きます。

⑤ （1秒後）➡ 影子跟讀法

後面附上了在圖書館影印的資料，敬請參閱。

図書館でコピーした資料を＿＿＿＿＿＿いたしましたので、ご参考までにご覧ください。

⑥ （1秒後）➡ 影子跟讀法

我寄錯電子郵件了。

メールを間違って＿＿＿＿＿＿しまった。

⑦ （1秒後）➡ 影子跟讀法

④ 挿入して　　⑤ 差出人　　⑥ 添付　　⑦ 送信して

24 □□□

<ruby>転送<rt>てんそう</rt></ruby>
▶ 名・他サ 轉送，轉寄，轉遞

お客様に<ruby>転送<rt>てんそう</rt></ruby>する。
轉寄給客戶。

25 □□□

キャンセル
▶ 名・他サ cancel，取消，作廢；廢除

<ruby>予約<rt>よやく</rt></ruby>をキャンセルする。
取消預約。

26 □□□

ファイル
▶ 名 file，文件夾；合訂本，卷宗；（電腦）檔案

ファイルをコピーする。
影印文件；備份檔案。

27 □□□

<ruby>保存<rt>ほぞん</rt></ruby>
▶ 名・他サ 保存；儲存（電腦檔案）

PC に<ruby>資料<rt>しりょう</rt></ruby>を<ruby>保存<rt>ほぞん</rt></ruby>する。
把資料存在 PC 裡。

28 □□□

<ruby>返信<rt>へんしん</rt></ruby>
▶ 名・自サ 回信，回電

<ruby>返信<rt>へんしん</rt></ruby>を<ruby>待<rt>ま</rt></ruby>つ。
等待回信。

29 □□□

コンピューター
▶ 名 computer，電腦

コンピューターを<ruby>使<rt>つか</rt></ruby>う。
使用電腦。

30 □□□

スクリーン
▶ 名 screen，銀幕

スクリーンの<ruby>前<rt>まえ</rt></ruby>に<ruby>立<rt>た</rt></ruby>つ。
出現在銀幕上。

参考答案　　① <ruby>転送<rt>てんそう</rt></ruby>　　② キャンセル　　③ ファイル

把電子郵件轉寄給部長了。

部長にメールを＿＿＿＿＿しました。

（1秒後）➡ 影子跟讀法

取消了飯店的訂房。

ホテルを＿＿＿＿＿しました。

（1秒後）➡ 影子跟讀法

傳真後，請放進文件夾歸檔。

ファックスしてから、＿＿＿＿＿に入れておいてください。

（1秒後）➡ 影子跟讀法

用別的檔名來儲存會比較好喔。

別の名前で＿＿＿＿＿した方がいいですよ。

（1秒後）➡ 影子跟讀法

敬請於確認之後回信，麻煩您了。

お手数ですが、ご確認のうえご＿＿＿＿＿をお願いします。

（1秒後）➡ 影子跟讀法

我正在找能夠用電腦做簡單的文書和繪圖的人才。

＿＿＿＿＿で簡単な文や絵が書ける人を探している。

（1秒後）➡ 影子跟讀法

銀幕是指播映電影的布幕。

＿＿＿＿＿は映画を映す幕のことだ。

（1秒後）➡ 影子跟讀法

---

④ 保存　　⑤ 返信　　⑥ コンピューター　　⑦ スクリーン

31 □□□

パソコン ▶ (名) personal computer 之略，個人電腦

パソコンが動かなくなっ
てしまった。
電腦當機了。

32 □□□

ワープロ ▶ (名) word processor 之略，文字處理機

ワープロを打つ。
打文字處理機。

パート
13
第十三章

経済、政治、法律
經濟、政治、法律

13-1 経済、取引／
經濟、交易 ♪

01 □□□

けいざい
経済 ▶ (名) 經濟

けいざい
経済をよくする。
讓經濟好起來。

02 □□□

ぼうえき
貿易 ▶ (名) 國際貿易

ぼうえき　おこな
貿易を行う。
進行貿易。

03 □□□

さか
盛ん ▶ (形動) 繁盛，興盛

ゆうきのうぎょう　さか　おこな
有機農業が盛んに行われ
ている。
有機農業非常盛行。

参考答案　① パソコン　② ワープロ　③ 経済

電腦即使打開電源，也沒辦法立刻啟動。

＿＿＿＿＿＿の電源を入れてもすぐには動かない。

① （1秒後）➡ 影子跟讀法

這台文書處理機操作簡單，非常棒。

この＿＿＿＿＿＿は簡単に使えて、とてもいいです。

② （1秒後）➡ 影子跟讀法

他不僅通曉經濟問題，在教育方面也知之甚詳。

彼は＿＿＿＿＿＿問題ばかりか、教育についても詳しい。

③ （1秒後）➡ 影子跟讀法

目前日本和台灣之間貿易往來暢旺。

日本と台湾の間では、＿＿＿＿＿＿が盛んに行われている。

④ （1秒後）➡ 影子跟讀法

這小鎮工業跟商業都很興盛。

この町は、工業も＿＿＿＿＿＿し商業も＿＿＿＿＿＿。

⑤ （1秒後）➡ 影子跟讀法

④ 貿易　　⑤ 盛んだ

04 □□□

ゆ しゅつ
輸出

▸ (名・他サ) 出口

こめ ゆ しゅつ ふ
米の輸出が増えた。
稻米的外銷量增加了。

05 □□□

しなもの
品物

▸ (名) 物品，東西；貨品

しなもの しょうかい
品物を紹介する。
介紹商品。

06 □□□

とくばいひん
特売品

▸ (名) 特賣商品，特價商品

とくばいひん か
特売品を買う。
買特價商品。

07 □□□

バーゲン

▸ (名) bargain sale 之略，特價，出清；特賣

か
バーゲンセールで買った。
在特賣會購買的。

08 □□□

ね だん
値段

▸ (名) 價錢

ね だん あ
値段を上げる。
提高價格。

09 □□□

あ
上がる

▸ (自五) 登上；升高，上升；發出（聲音）；（從水中）出來；（事情）完成

ね だん あ
値段が上がる。
漲價。

10 □□□

く
呉れる

▸ (他下一) 給我

かんが き かい
考える機会をくれる。
給我思考的機會。

参考答案　①輸出　②品物　③特売品

自 1996 年起，稻米的外銷量又增加了。

1996 年からは、米の＿＿＿＿＿がまた増えてきました。

（1秒後）➡ 影子跟讀法

再過一個月，冬季商品應該就會降價了吧。

あと 1 ヶ月もすれば、冬の＿＿＿＿＿は安くなるだろう。

（1秒後）➡ 影子跟讀法

本店的特價品很便宜，所以銷路很好。

うちの＿＿＿＿＿は安いから、よく売れている。

（1秒後）➡ 影子跟讀法

特賣會時來了很多懂得精打細算的觀光客。

＿＿＿＿＿＿セールに賢い観光客がおおぜい来た。

（1秒後）➡ 影子跟讀法

比較A店的價格和B店的價格。

A 店の＿＿＿＿＿と B 店の＿＿＿＿＿を比べます。

（1秒後）➡ 影子跟讀法

貓咪爬到電視機上把玩偶弄掉了。

猫が、テレビの上に＿＿＿＿＿人形を落とした。

（1秒後）➡ 影子跟讀法

這本書，可以幫我還給田中老師嗎？

この本、田中先生に返して＿＿＿＿＿？

（1秒後）➡ 影子跟讀法

④ バーゲン　　⑤ 値段　　⑥ 上がって　　⑦ くれる

11 ☐☐☐

もら
貰う ▸ 他五 收到，拿到 ▸ いいアイディアを貰う。
得到好點子。

12 ☐☐☐

や
遣る ▸ 他五 派；給，給予；做 ▸ 会議をやる。
開會。

13 ☐☐☐

ちゅう し
中止 ▸ 名・他サ 中止 ▸ 交渉が中止された。
交渉被停止了。

13-2 金融／
金融 ♪

01 ☐☐☐

つうちょう き にゅう
通帳記入 ▸ 名 補登錄存摺 ▸ 通帳記入をする。
補登錄存摺。

02 ☐☐☐

あんしょうばんごう
暗証番号 ▸ 名 密碼 ▸ 暗証番号を忘れた。
忘記密碼。

03 ☐☐☐

キャッシュカード ▸ 名 cash card，金融卡，提款卡 ▸ キャッシュカードを拾う。
撿到金融卡。

影子跟讀法請看 P5

我收到了朋友從台灣帶來的烏龍茶伴手禮。

友達に台湾土産のウーロン茶を＿＿＿＿＿。

① （1秒後）➡ 影子跟讀法

這麼多工作都要在今天之內做完，根本不可能。

こんなにたくさんの仕事を今日中に＿＿＿＿のは、無理です。

② （1秒後）➡ 影子跟讀法

假如下雨，就取消旅行。

雨が降れば、旅行は＿＿＿＿です。

③ （1秒後）➡ 影子跟讀法

存摺內頁已經刷滿了。

＿＿＿＿欄がいっぱいになった。

④ （1秒後）➡ 影子跟讀法

萬一忘記就糟糕了，去把這個密碼抄起來！

忘れるといけないから、この＿＿＿＿を写しておきなさい。

⑤ （1秒後）➡ 影子跟讀法

我忘記把金融卡帶來了。

＿＿＿＿を忘れてきました。

⑥ （1秒後）➡ 影子跟讀法

④ 通帳記入　⑤ 暗証番号　⑥ キャッシュカード

04 ☐☐☐

クレジット
カード

▸ (名) credit card，信用卡 ▸

クレジットカードで支払
う。
用信用卡支付。

---

05 ☐☐☐

こうきょうりょうきん
公共料金

▸ (名) 公共費用

こうきょうりょうきん し はら
公共料金を支払う。
支付公共費用。

---

06 ☐☐☐

し おく
仕送り

▸ (名・自他サ) 匯寄生活費
或學費

いえ し おく
家に仕送りする。
給家裡寄生活費。

---

07 ☐☐☐

せいきゅうしょ
請求書

▸ (名) 帳單，繳費單 ▸

せいきゅうしょ とど
請求書が届く。
收到繳費通知單。

---

08 ☐☐☐

おく
億

▸ (名) 億；數量眾多 ▸

おく こ
1億を超えた。
已經超過一億了。

---

09 ☐☐☐

はら
払う

▸ (他五) 付錢；除去；處
裡；驅趕；揮去

かね はら
お金を払う。
付錢。

---

10 ☐☐☐

お釣り
つ

▸ (名) 找零 ▸

つ くだ
お釣りを下さい。
請找我錢。

上個月刷信用卡買太多東西了。

先月、＿＿＿＿＿で買い物をし過ぎました。

① （1秒後）➡ 影子跟讀法

4月份起，水電瓦斯等公共事業費用即將調漲。

4月から電気、ガス、水道などの＿＿＿＿が高くなる。

② （1秒後）➡ 影子跟讀法

沒有讓父母補貼生活費，憑一己之力讀到了大學畢業。

親の＿＿＿＿を受けずに大学を卒業した。

③ （1秒後）➡ 影子跟讀法

40萬的修繕估價單送來了。

修理費として40万の＿＿＿＿が届いた。

④ （1秒後）➡ 影子跟讀法

人口日漸增加，已經超過一億人了。

人口はどんどん増えて、1＿＿＿＿人を超えた。

⑤ （1秒後）➡ 影子跟讀法

因為沒有繳錢，手機被停話了。

お金を＿＿＿＿ので、携帯電話を止められた。

⑥ （1秒後）➡ 影子跟讀法

只要按下這顆按鈕，找零就會掉出來。

このボタンを押すと、＿＿＿＿が出ます。

⑦ （1秒後）➡ 影子跟讀法

④ 請求書　⑤ 億　⑥ 払わなかった　⑦ お釣り

11 □□□

せいさん
生産 ▶ 名・他サ 生産

せいさん ま あ
生産が間に合わない。
來不及生產。

12 □□□

さんぎょう
産業 ▶ 名 産業

がいしょくさんぎょう さか
外食産業が盛んだ。
外食產業蓬勃發展。

13 □□□

わりあい
割合 ▶ 名 比・比例

わりあい しら
割合を調べる。
調查比例。

13-3 政治、法律／
政治、法律 ♪

01 □□□

せいじ
政治 ▶ 名 政治

せいじ かんけい
政治に関係する。
參與政治。

02 □□□

えら
選ぶ ▶ 他五 選択

ただ えら
正しいものを選びなさい。
請選出正確的物品。

03 □□□

しゅっせき
出席 ▶ 名・自サ 出席

しゅっせき もと
出席を求める。
請求出席。

参考答案 ① せいさん
生産 ② さんぎょう
産業 ③ わりあい
割合

地震導致汽車停止生產。

地震の影響で車の_____が止まった。

（1秒後）➡ 影子跟讀法

近幾年來，各種外食產業蓬勃發展。

ここ数年、多様な外食_____が盛んです。

（1秒後）➡ 影子跟讀法

成本當中，人事費的佔比大約是百分之 30。

経費の中で、人件費の_____は約 30 パーセント
です。

（1秒後）➡ 影子跟讀法

政治和經濟那些事我不懂。

_____とか経済とかのことは分かりません。

（1秒後）➡ 影子跟讀法

您為什麼選擇了這份工作呢？

どうしてこの仕事を_____か。

（1秒後）➡ 影子跟讀法

本公司除我之外還有 8 名出席，其他公司則將有 4 位客戶蒞臨。

会社からは私のほか 8 名が_____、ほかの会社か
らお客様が 4 名いらっしゃる。

（1秒後）➡ 影子跟讀法

④ 政治　　　⑤ 選びました　　　⑥ 出席

04 □□□

<ruby>戦争<rt>せんそう</rt></ruby>
▶ (名・自サ) 戦争；打仗
▶ <ruby>戦争<rt>せんそう</rt></ruby>になる。
開戰。 ▶

05 □□□

<ruby>規則<rt>きそく</rt></ruby>
▶ (名) 規則，規定
▶ <ruby>規則<rt>きそく</rt></ruby>を<ruby>作<rt>つく</rt></ruby>る。
訂立規則。 ▶

06 □□□

<ruby>法律<rt>ほうりつ</rt></ruby>
▶ (名) 法律
<ruby>法律<rt>ほうりつ</rt></ruby>を<ruby>守<rt>まも</rt></ruby>る。
守法。 ▶

07 □□□

<ruby>約束<rt>やくそく</rt></ruby>
▶ (名・他サ) 約定，規定 ▶
<ruby>約束<rt>やくそく</rt></ruby>を<ruby>守<rt>まも</rt></ruby>る。
守約。 ▶

08 □□□

<ruby>決<rt>き</rt></ruby>める
▶ (他下一) 決定；規定；認定
<ruby>値段<rt>ねだん</rt></ruby>を<ruby>決<rt>き</rt></ruby>めた。
決定價錢。 ▶

09 □□□

<ruby>立<rt>た</rt></ruby>てる
▶ (他下一) 立起，訂立；揚起；維持
1<ruby>年<rt>ねん</rt></ruby>の<ruby>計画<rt>けいかく</rt></ruby>を<ruby>立<rt>た</rt></ruby>てる。
規劃一年的計畫。 ▶

10 □□□

もう<ruby>一<rt>ひと</rt></ruby>つ
▶ (連語) 再一個；還差一點
もう<ruby>一<rt>ひと</rt></ruby>つ<ruby>考<rt>かんが</rt></ruby>えられる。
還有一點可以思考。 ▶

我認為戰爭的真相必須讓子孫了解才行。

①＿＿＿＿＿＿＿のことは孫の代まで伝えていかなければならないと思っている。

（1秒後）➡影子跟讀法

根據公司的規定，每天需工作8小時。

②会社の＿＿＿＿＿＿＿では、1日8時間働くことになっています。

（1秒後）➡影子跟讀法

任何人都必須遵守法律才行。

③誰でも＿＿＿＿＿＿＿は守らなければならない。

（1秒後）➡影子跟讀法

和梨花約好12點在電影院見面。

④12時にリカちゃんと映画館で会う＿＿＿＿＿＿＿がある。

（1秒後）➡影子跟讀法

垃圾只能在規定的日期拿去丟棄。

⑤ゴミは＿＿＿＿＿＿＿＿曜日に出さなくてはいけない。

（1秒後）➡影子跟讀法

這項「計畫」的重點是不要規劃無法完成的計畫。

⑥この「計画」のポイントは、無理な計画を＿＿＿＿＿＿＿ことです。

（1秒後）➡影子跟讀法

請給我看另一件。

⑦＿＿＿＿＿＿＿別のものを見せてください。

（1秒後）➡影子跟讀法

④約束　⑤決められた　⑥立てない　⑦もう一つ

13-4 犯罪、トラブル／犯罪、遇難 ♪

01 □□□

痴漢（ちかん）　▶ 名 色狼

電車（でんしゃ）で痴漢（ちかん）にあった。
在電車上遇到色狼了。 ▶

02 □□□

ストーカー　▶ 名 stalker，跟蹤狂

ストーカーにあう。
遇到跟蹤事件。 ▶

03 □□□

すり　▶ 名 扒手

すりに財布（さいふ）をやられた。
錢包被扒手扒走了。 ▶

04 □□□

泥棒（どろぼう）　▶ 名 偷竊；小偷，竊賊

泥棒（どろぼう）を捕（つか）まえた。
捉住了小偷。 ▶

05 □□□

盗む（ぬすむ）　▶ 他五 偷盜，盜竊

お金（かね）を盗（ぬす）む。
偷錢。 ▶

06 □□□

壊す（こわす）　▶ 他五 弄碎；破壞

鍵（かぎ）を壊（こわ）す。
破壞鑰匙。 ▶

07 □□□

逃げる（にげる）　▶ 自下一 逃走，逃跑；逃避；領先（運動競賽）

警察（けいさつ）から逃（に）げる。
從警局逃出。 ▶

參考答案　　❶ 痴漢（ちかん）　　❷ ストーカー　　❸ スリ

我在電車上看到了色狼。

電車(でんしゃ)で＿＿＿＿＿を見(み)ました。

① （1秒後）➡影子跟讀法

最近出現了一個疑似跟蹤狂的人，該怎麼辦才好呢？

最近(さいきん)、＿＿＿＿＿らしい人(ひと)がいるのですが、どうしたらいいでしょうか。

② （1秒後）➡影子跟讀法

放了信用卡的錢包被扒手偷走了。

クレジットカードが入(はい)った財布(さいふ)を＿＿＿＿＿に盗(ぬす)まれた。

③ （1秒後）➡影子跟讀法

由於窗玻璃破了，馬上就知道遭到了小偷入侵。

窓(まど)ガラスが割(わ)れていたので、すぐ＿＿＿＿＿に入(はい)られたことが分(わ)かった。

④ （1秒後）➡影子跟讀法

才剛買的自行車被偷了。

買(か)ったばかりの自転車(じてんしゃ)が＿＿＿＿＿。

⑤ （1秒後）➡影子跟讀法

老是吃冰涼的食物，會弄壞肚子喔！

冷(つめ)たい物(もの)ばかり食(た)べていると、おなかを＿＿＿＿＿よ。

⑥ （1秒後）➡影子跟讀法

地震發生時不可以搭乘電梯逃生。

地震(じしん)のとき、エレベーターで＿＿＿＿＿はいけません。

⑦ （1秒後）➡影子跟讀法

④ 泥棒(どろぼう)　⑤ 盗(ぬす)まれた　⑥ 壊(こわ)す　⑦ 逃(に)げて

08 ☐☐☐

つか
捕まえる ▶ (他下一) 逮捕・抓；握 住

はんにん　つか
犯人を捕まえる。
抓犯人。 ▶

09 ☐☐☐

み　つ
見付かる ▶ (自五) 發現了；找到

お　　もの　　み
落とし物が見つかる。
找到遺失物品。 ▶

10 ☐☐☐

な
無くす ▶ (他五) 弄丟・搞丟

かぎ
鍵をなくす。
弄丟鑰匙。 ▶

11 ☐☐☐

お
落とす ▶ (他五) 掉下；弄掉

さい ふ　　お
財布を落とす。
錢包掉了。 ▶

12 ☐☐☐

か　じ
火事 ▶ (名) 火災

か　じ
火事にあう。
遇到火災。 ▶

13 ☐☐☐

き けん
危険 ▶ (名・形動) 危険

さき き けん　　はい
この先危険。入るな。
前方危険，禁止進入！ ▶

14 ☐☐☐

あんぜん
安全 ▶ (名・形動) 安全；平安

あんぜん　　ば しょ　　に
安全な場所に逃げよう。
逃往安全的場所吧。 ▶

参考答案 ❶ つか 捕まえる ❷ み 見つからない ❸ なくした

抓蟲子實在太噁心了，我辦不到。

虫を_____など気持ち悪くてだめです。

① （1秒後）➡ 影子跟讀法

雖然已經大學畢業了，但還沒找到工作。

大学は卒業したけれど、仕事が_____。

② （1秒後）➡ 影子跟讀法

請問您遺失的提包差不多有多大呢？

_____かばんはどれくらいの大きさですか。

③ （1秒後）➡ 影子跟讀法

由於掉了錢包，所以去了派出所。

財布を_____ため、交番に行きました。

④ （1秒後）➡ 影子跟讀法

為了因應地震和火災的發生，平時就要預作準備。

地震や_____が起きたときのために、ふだんから準備しておこう。

⑤ （1秒後）➡ 影子跟讀法

他打算要去危險的地方。

彼は_____ところに行こうとしている。

⑥ （1秒後）➡ 影子跟讀法

地震時為求安全起見，請勿搭乘電梯。

地震のときは、_____のため、エレベーターに乗らないでください。

⑦ （1秒後）➡ 影子跟讀法

④ 落とした　⑤ 火事　⑥ 危険な　⑦ 安全

数量、図形、大小
数量、圖形、大小

01 ☐☐☐

以下
いか

▶ 㡯 以下，不到…；
在…以下；以後

重さは 10 キロ以下にな
おも　　　　　　　いか
る。

重量規定在 10 公斤以下。

02 ☐☐☐

以内
いない

▶ 㡯 不超過…；以内

1 時間以内で行ける。
じ かん　い ない　い
一小時內可以到。

03 ☐☐☐

以上
いじょう

▶ 㡯 以上，不止，超
過，以外；上述

20 分以上遅れた。
ぶん い じょうおく
遲到超過 20 分鐘。

04 ☐☐☐

足す
た

▶ 㡮五 補足，増加

すこし塩を足してくださ
しお　た
い。

請再加一點鹽巴。

05 ☐☐☐

足りる
た

▶ 㡭㡮一 足夠；可湊合

お金は十分足りる。
かね　じゅうぶん た
錢很充裕。

06 ☐☐☐

多い
おお

▶ 㡰 多的

宿題が多い。
しゅくだい　おお
功課很多。

07 ☐☐☐

少ない
すく

▶ 㡰 少

休みが少ない。
やす　　　すく
休假不多。

我的國家從6月到8月非常寒冷，經常出現5度以下的氣溫。

① 私の国は、6月から8月はとても寒くて、5度＿＿＿＿＿の
日が多いです。

（1秒後）➡ 影子跟讀法

您所訂購的商品將於2小時30分鐘之內送達。

② ご注文いただいた商品を、2時間30分＿＿＿＿＿に
お届けいたします。

（1秒後）➡ 影子跟讀法

在日本，從6月到8月都相當炎熱，經常出現30度以上的氣溫。

③ 日本では、6月から8月はかなり暑くて、30度＿＿＿＿＿
の日も多いです。

（1秒後）➡ 影子跟讀法

請加入一小匙味噌。

④ みそを小さじ1杯＿＿＿＿＿ください。

（1秒後）➡ 影子跟讀法

我想去歐洲玩一個月左右，請問40萬圓夠嗎？

⑤ 1ヶ月ぐらいヨーロッパへ遊びに行きたいんです
が、40万円で＿＿＿＿＿か。

（1秒後）➡ 影子跟讀法

請問京都的神社和寺院，哪一種比較多呢？

⑥ 京都は、神社と寺とどちらが＿＿＿＿＿ですか。

（1秒後）➡ 影子跟讀法

醫院的伙食不但難吃而且份量又少，我再也不想吃了！

⑦ 病院の食事はまずいし、＿＿＿＿＿し、もう嫌だ。

（1秒後）➡ 影子跟讀法

④ 足して　　⑤ 足ります　　⑥ 多い　　⑦ 少ない

08 ☐☐☐

増える
ふ

▶ 自下一 増加

お金が増える。
かね　ふ

錢增加了。

09 ☐☐☐

形
かたち

▶ 名 形狀；形，樣子；
形式上的；形式

形が変わる。
かたち　か

變形。

10 ☐☐☐

大きな
おお

▶ 連體 大，大的

学校に大きな木がある。
がっこう　おお　き

學校有一棵大樹。

11 ☐☐☐

小さな
ちい

▶ 連體 小，小的；年齡
幼小

小さな子どもがいる。
ちい　こ

有年幼的小孩。

参考答案　① 増えました　② 形
かたち
　③ 大きな
おお

自從戒菸之後，體重就增加了。

模仿 煙草をやめたら、体重が＿＿＿＿＿。

① （1秒後）➡ 影子跟讀法

這棵樹長得像人的形狀。

模仿 この木は、人のような＿＿＿＿をしています。

② （1秒後）➡ 影子跟讀法

一樓的鐘錶專櫃旁邊有一面超大型電視螢幕，約在那裡碰面應該比較容易找得到。

模仿 1階の時計売り場の横に＿＿＿＿テレビ・スクリーンがあるので、その前が分かりやすいと思います。

③ （1秒後）➡ 影子跟讀法

多數人都無法察覺的小地震，每年發生超過 5000 次。

模仿 多くの人が分からないくらいの＿＿＿＿地震は、1年に 5000 回以上起きています。

④ （1秒後）➡ 影子跟讀法

④ 小さな

パート
15
第十五章

心理、思考、言語
心理、思考、語言

15-1 心理、感情／
心理、感情 ♪

---

01 □□□

こころ
心 ▸ 图 內心；心情 ▸

<ruby>心<rt>こころ</rt></ruby>が<ruby>痛<rt>いた</rt></ruby>む。
感到痛心難過。 ▸

---

02 □□□

き
気 ▸ 图 氣，氣息；心思；意識；性質

<ruby>気<rt>き</rt></ruby>に<ruby>入<rt>い</rt></ruby>る。
喜歡，中意。 ▸

---

03 □□□

きぶん
気分 ▸ 图 情緒；氣氛；身體狀況

<ruby>気分<rt>きぶん</rt></ruby>がいい。
好心情。 ▸

---

04 □□□

きもち
気持ち ▸ 图 心情；感覺；身體狀況

<ruby>気持<rt>きも</rt></ruby>ちが<ruby>悪<rt>わる</rt></ruby>い。
感到噁心。 ▸

---

05 □□□

きょうみ
興味 ▸ 图 興趣

<ruby>興味<rt>きょうみ</rt></ruby>がない。
沒興趣。 ▸

---

06 □□□

あんしん
安心 ▸ 图・自サ 放心，安心

<ruby>彼<rt>かれ</rt></ruby>と<ruby>一緒<rt>いっしょ</rt></ruby>だと<ruby>安心<rt>あんしん</rt></ruby>する。
和他一起，便感到安心。 ▸

---

07 □□□

すごい
凄い ▸ 圈 厲害，很棒；非常

<ruby>凄<rt>すご</rt></ruby>い<ruby>人気<rt>にんき</rt></ruby>だった。
超人氣。 ▸

参考答案　❶ <ruby>心<rt>こころ</rt></ruby>　❷ <ruby>気<rt>き</rt></ruby>　❸ <ruby>気分<rt>きぶん</rt></ruby>

因悲慘愁苦的故事而感到痛心難過。

悲しい話に_____が痛む。

① （1秒後）➡ 影子跟讀法

最近有什麼新聞讓人憂心的嗎？

最近_____になったニュースは何ですか。

② （1秒後）➡ 影子跟讀法

今天天氣好，讓人有個好心情。

今日はいい天気で、_____がいい。

③ （1秒後）➡ 影子跟讀法

小小禮物，不成敬意。

つまらないものですが、ほんの_____です。

④ （1秒後）➡ 影子跟讀法

我從小就對昆蟲有興趣。

私は子どもの頃から虫に_____があります。

⑤ （1秒後）➡ 影子跟讀法

請您放心，明天之前就會完成。

明日までにできます。ご_____ください。

⑥ （1秒後）➡ 影子跟讀法

這個真是太好吃了！

これ、_____おいしいわよ。

⑦ （1秒後）➡ 影子跟讀法

④ 気持ち　　⑤ 興味　　⑥ 安心　　⑦ すごく

207

08 □□□

素晴_{すば}らしい ▶ 形 出色，很好 ▶ 素晴_{すば}らしい景色_{けしき}。
景色優美。 ▶

09 □□□

怖_{こわ}い ▶ 形 可怕，害怕 ▶ 怖_{こわ}い夢_{ゆめ}を見_みた。
做了一個非常可怕的夢。 ▶

10 □□□

邪魔_{じゃま} ▶ 名・形動・他サ 妨礙，阻擾；拜訪 ▶ ビルが邪魔_{じゃま}で花火_{はなび}が見_みえない。
大樓擋到了，看不道煙火。 ▶

11 □□□

心配_{しんぱい} ▶ 名・自他サ 擔心，操心 ▶ ご心配_{しんぱい}をお掛_かけしました。
讓各位擔心了。 ▶

12 □□□

恥_はずかしい ▶ 形 丟臉，害羞；難為情 ▶ 恥_はずかしくなる。
感到害羞。 ▶

13 □□□

複雑_{ふくざつ} ▶ 名・形動 複雑 ▶ 複雑_{ふくざつ}になる。
變得複雜。 ▶

14 □□□

持_もてる ▶ 自下一 能拿，能保持；受歡迎，吃香 ▶ 学生_{がくせい}にもてる。
受學生歡迎。 ▶

参考答案　❶ すばらしい　❷ 怖_{こわ}かった　❸ 邪魔_{じゃま}

從晴空塔上面俯瞰的景色真是太壯觀了！

スカイツリーの上^{うえ}から見^みた景色^{けしき}は_____ものでした。

① （1秒後）➡ 影子跟讀法

超級颱風肆虐，狂風暴雨的蕭蕭聲真是嚇壞人了。

大^{おお}きい台風^{たいふう}で、雨^{あめ}や風^{かぜ}の音^{おと}が_____。

② （1秒後）➡ 影子跟讀法

想要拍照，但是右邊那棵樹擋到鏡頭了。

写真^{しゃしん}を撮^とるのに右^{みぎ}の木^きが_____だ。

③ （1秒後）➡ 影子跟讀法

目前雖不必擔心會發生大地震，但還是需要小心防範。

今^{いま}のところ大^{おお}きな地震^{じしん}の_____はありませんが、注意^{ちゅうい}が必要^{ひつよう}です。

④ （1秒後）➡ 影子跟讀法

年輕時寫的詩實在太難為情了，沒辦法開口朗誦。

若^{わか}いころに書^かいた詩^しは、_____て読^よめません。

⑤ （1秒後）➡ 影子跟讀法

這起事件很複雜，應該沒有那麼容易解決吧。

この事件^{じけん}は_____だから、そんなに簡単^{かんたん}には片付^{かたづ}かないだろう。

⑥ （1秒後）➡ 影子跟讀法

那些糖果，能拿多少請儘管拿喔！

その飴^{あめ}、持^もてるだけ_____行^いっていいよ。

⑦ （1秒後）➡ 影子跟讀法

---

④ 心配^{しんぱい}　　⑤ 恥ずかしく^は　　⑥ 複雑^{ふくざつ}　　⑦ 持って^も

15 □□□

ラブラブ
▶ (形動) lovelove，（情侶，愛人等）甜蜜，如膠似漆

彼氏とラブラブです。
與男朋友甜甜密密。 ▶

15-2 喜怒哀楽／
喜怒哀樂 ♪

01 □□□

嬉しい
▶ (形) 高興，喜悅

孫たちが訪ねてきて嬉しい。
孫兒來探望很開心！ ▶

02 □□□

楽しみ
▶ (名・形動) 期待，快樂

釣りを楽しみとする。
以釣魚為樂。 ▶

03 □□□

喜ぶ
▶ (自五) 高興

卒業を喜ぶ。
為畢業而喜悅。 ▶

04 □□□

笑う
▶ (自五) 笑；譏笑

テレビを見て笑っている。
一邊看電視一邊笑。 ▶

05 □□□

ユーモア
▶ (名) humor，幽默，滑稽，詼諧

ユーモアのある人が好きだ。
我喜歡具有幽默感的人。 ▶

影子跟讀法請看 P5

那兩個人在生了孩子以後，還是一樣甜甜蜜蜜的。

① あの二人は子どもが生まれても、相変わらず＿＿＿＿＿＿＿です。

（1秒後）➡ 影子跟讀法

聽到別人道聲「謝謝」時，感覺非常高興。

② 「ありがとう」とお礼を言われたときは、とても＿＿＿＿＿＿＿です。

（1秒後）➡ 影子跟讀法

每星期都很期待收看這部影集。

③ このドラマを毎週＿＿＿＿＿＿＿にしています。

（1秒後）➡ 影子跟讀法

看到我們去探望，奶奶非常開心。

④ 私たちが会いに行くと祖母はとても＿＿＿＿＿＿＿。

（1秒後）➡ 影子跟讀法

她無論任何時候總是笑臉迎人。

⑤ 彼女は、どんな時でも＿＿＿＿＿＿＿いる。

（1秒後）➡ 影子跟讀法

比起體格壯碩的人，我更喜歡具有幽默感的人。

⑥ 私は格好いい人よりも＿＿＿＿＿＿＿のある人が好きです。

（1秒後）➡ 影子跟讀法

④ 喜びます　　⑤ 笑って　　⑥ ユーモア

06 □□□

うるさ
煩い

▸ 形 吵鬧；煩人的；囉唆；厭惡

でんしゃ おと
電車の音がうるさい。
電車聲很吵。

07 □□□

おこ
怒る

▸ 自五 生氣；斥責

はは おこ
母に怒られる。
挨了媽媽的責罵。

08 □□□

おどろ
驚く

▸ 自五 驚嚇，吃驚，驚奇

かた おどろ
肩をたたかれて驚いた。
有人拍我肩膀，嚇了我一跳。

09 □□□

かな
悲しい

▸ 形 悲傷，悲哀

かな おも
悲しい思いをする。
感到悲傷。

10 □□□

さび
寂しい

▸ 形 孤單；寂寞；荒涼，冷清；空虛

ひとり さび
一人で寂しい。
一個人很寂寞。

11 □□□

ざんねん
残念

▸ 名・形動 遺憾，可惜，懊悔

ざんねん おも
残念に思う。
感到遺憾。

12 □□□

な
泣く

▸ 自五 哭泣

おお こえ な
大きな声で泣く。
大聲哭泣。

参考答案　❶ うるさい　❷ おこ 怒らない　❸ おどろ 驚かされる

你從剛才就很吵耶，安靜一點啦！

さっきから＿＿＿＿な。少し静かにしろ！

① （1秒後）➡ 影子跟讀法

媽媽幾乎從來不生氣。

母はほとんど＿＿＿＿。

② （1秒後）➡ 影子跟讀法

我總是被他嚇到。

彼にはいつも、＿＿＿＿。

③ （1秒後）➡ 影子跟讀法

我愛上了看了悲傷的電影而流著淚的她。

＿＿＿＿映画を見て涙を流している彼女が好きになった。

④ （1秒後）➡ 影子跟讀法

兒子去了東京讀大學，家裡真冷清。

息子が東京の大学に行ってしまって、＿＿＿＿。

⑤ （1秒後）➡ 影子跟讀法

原本座落在這裡的古老寺院慘遭祝融之災，真是令人遺憾。

ここにあった古いお寺が、火事で焼けてしまって、本当に＿＿＿＿です。

⑥ （1秒後）➡ 影子跟讀法

這部電影讓人從第一個鏡頭哭到最後一個鏡頭。

最初から最後まで＿＿＿＿映画でした。

⑦ （1秒後）➡ 影子跟讀法

④ 悲しい　　⑤ 寂しい　　⑥ 残念　　⑦ 泣かせる

13 □□□

びっくり ▶ 副・自サ 驚嚇，吃驚 ▶ びっくりして起きた。
嚇醒過來。 ▶

15-3 伝達、通知、報道／
傳達、通知、報導 ♫

01 □□□

でんぽう
電報 ▶ 名 電報
でんぽう く
電報が来る。
打來電報。 ▶

02 □□□

とど
届ける ▶ 他下一 送達；送交；申報，報告
にもつ とど
荷物を届ける。
把行李送到。 ▶

03 □□□

おく
送る ▶ 他五 寄送；派；送行；度過；標上（假名）
れい てがみ おく
お礼の手紙を送る。
寄了信道謝。 ▶

04 □□□

し
知らせる ▶ 他下一 通知，讓對方知道
けいさつ し
警察に知らせる。
報警。 ▶

05 □□□

つた
伝える ▶ 他下一 傳達，轉告；傳導
まご だい つた
孫の代まで伝える。
傳承到子孫這一代。 ▶

我被那家店的拉麵美味的程度給嚇了一跳。

その店のラーメンのおいしいのには、＿＿＿＿＿させられた。

① （1秒後）➡ 影子跟讀法

聽到朋友即將結婚的佳音，我打了電報送上祝福。

友人の結婚の知らせを聞いて、祝福の気持ちを込めて＿＿＿＿＿を打ちました。

② （1秒後）➡ 影子跟讀法

這台電視機可以在本週內送來嗎？

今週中にこのテレビを＿＿＿＿＿もらえますか。

③ （1秒後）➡ 影子跟讀法

由於收到了禮物，所以寄了信道謝。

プレゼントをもらったので、お礼の手紙を＿＿＿＿＿。

④ （1秒後）➡ 影子跟讀法

假如看起來可能下雨，至遲將於9點通知是否照常舉行運動會。

もし雨が降りそうだったら、運動会をやるかどうか、9時までにお＿＿＿＿＿いたします。

⑤ （1秒後）➡ 影子跟讀法

請向令尊令堂代為問安。

お父様、お母様によろしくお＿＿＿＿＿ください。

⑥ （1秒後）➡ 影子跟讀法

④ 送った　⑤ 知らせ　⑥ 伝え

215

06 □□□

連絡 れんらく
▶ 名・自他サ 聯繫，聯絡；通知

連絡を取る。
れんらく と
取得連繫。

07 □□□

尋ねる たず
▶ 他下一 問，打聽；詢問

道を尋ねる。
みち たず
問路。

08 □□□

返事 へんじ
▶ 名・自サ 回答，回覆

返事をしなさい。
へんじ
回答我啊。

09 □□□

天気予報 てんきよほう
▶ 名 天氣預報

ラジオの天気予報を聞く。
てんきよほう き
聽收音機的氣象預報。

10 □□□

放送 ほうそう
▶ 名・他サ 播映，播放

有料放送を見る。
ゆうりょうほうそう み
收看收費節目。

15-4 思考、判斷／思考、判斷 ♪

01 □□□

思い出す おも だ
▶ 他五 想起來，回想

幼い頃を思い出す。
おさな ころ おも だ
回想起小時候。

參考答案　① 連絡して　② 尋ねました　③ 返事
　　　　　　れんらく　　　たず　　　　　へんじ

萬一班機延遲了，請和我聯繫。

もし飛行機が遅れたら＿＿＿＿＿＿＿ください。

① （1秒後）➡ 影子跟讀法

外國人向我問了路。

外国人が私に道を＿＿＿＿＿＿＿。

② （1秒後）➡ 影子跟讀法

此封郵件過目之後，盼能覆信。

メールをご覧になった後、お＿＿＿＿＿＿＿いただけると幸いです。

③ （1秒後）➡ 影子跟讀法

根據氣象預報，上午應該是好天氣。

＿＿＿＿＿＿＿では午前中はいい天気だそうですよ。

④ （1秒後）➡ 影子跟讀法

晚餐時段不可以播映這種節目。

夕飯の時間にこんな番組を＿＿＿＿＿＿＿してはいけない。

⑤ （1秒後）➡ 影子跟讀法

我怎麼樣都想不起來這位歌手的名字。

この歌手の名前がどうしても＿＿＿＿＿＿＿。

⑥ （1秒後）➡ 影子跟讀法

④ 天気予報　⑤ 放送　⑥ 思い出せない

217

02 □□□

おも
思う

▶ （他五）想，思考；覺得，認為；相信；猜想；感覺；希望；掛念，懷念

▶ 仕事を探そうと思う。
我想去找工作。 ▶

03 □□□

かんが
考える

▶ （他下一）想，思考；考慮；認為

▶ 深く考える。
深思，思索。

04 □□□

はず

▶ （形式名詞）應該；會；確實

▶ 明日きっと来るはずだ。
明天一定會來。 ▶

05 □□□

い けん
意見

▶ （名・自他サ）意見；勸告；提意見

▶ 意見が合う。
意見一致。

06 □□□

し かた
仕方

▶ （名）方法・做法 ▶

▶ 料理の仕方がわからない。
不知道如何做菜。 ▶

07 □□□

しら
調べる

▶ （他下一）查閱，調查；檢查；捜査

▶ 辞書で調べる。
查字典。 ▶

08 □□□

まま

▶ （名）如實，照舊，…就…；隨意

▶ 思ったままを書く。
寫出心中所想。 ▶

参考答案　① 思う　② 考えて　③ はず

我打算換一支新手機。

携帯電話を新しいのにしようと_____。

① （1秒後）➡ 影子跟讀法

不管睡著了還是清醒時，我滿腦子想的都是她。

寝ても覚めても彼女のことばかり_____いた。

② （1秒後）➡ 影子跟讀法

不可能用一萬圓鈔票找零。

1万円札がお釣りで来る_____がありません。

③ （1秒後）➡ 影子跟讀法

現在這位經理能夠廣納建議。

今の部長には、_____を言いやすい。

④ （1秒後）➡ 影子跟讀法

「今天路上很塞…，是不是該搭電車呢？」「只剩下一小時了，也沒其他辦法了。」

「今日は道が混んでいるし…。やっぱり電車かな。」
「あと1時間ね、_____ないわね。」

⑤ （1秒後）➡ 影子跟讀法

蒐集韓國文化的資訊。

韓国の文化について_____います。

⑥ （1秒後）➡ 影子跟讀法

不要穿成那副德性進去夜店啦！

その格好の_____ではクラブに入れないよ。

⑦ （1秒後）➡ 影子跟讀法

④ 意見　　　⑤ 仕方　　　⑥ 調べて　　　⑦ まま

219

09 □□□

くら
比べる ▸ (他下一) 比較 ▸ ね だん   くら
値段を比べる。
比較價格。 ▸

10 □□□

ば あい
場合 ▸ (名) 時候；狀況，情形 ▸ おく   ば あい
遅れた場合はどうなりますか。
遲到的時候怎麼辦呢？ ▸

11 □□□

へん
変 ▸ (名・形動) 奇怪，怪異；變化；事變 ▸ へん あじ
変な味がする。
味道怪怪的。 ▸

12 □□□

とくべつ
特別 ▸ (名・形動) 特別，特殊 ▸ きょう   とくべつ   ねぼう   ゆる
今日だけ特別に寝坊を許す。
今天破例允許睡晚一點。 ▸

13 □□□

だい じ
大事 ▸ (名・形動) 大事；保重，重要（「大事さ」為形容動詞的名詞形） ▸ だい じ
大事なことはメモしておく。
重要的事會寫下來。 ▸

14 □□□

そうだん
相談 ▸ (名・自他サ) 商量 ▸ そうだん   き
相談して決める。
通過商討決定。 ▸

15 □□□

よ
に拠ると ▸ (連語) 根據，依據 ▸ てん き よ ほう   あめ
天気予報によると、雨らしい。
根據氣象預報，可能會下雨。 ▸

參考答案　　❶ くら
比べる　　❷ ば あい
場合　　❸ へん
変な

比較去年和今年的雨量。

去年と今年の雨の量を_____。

① （1秒後）➡ 影子跟讀法

如果遲到超過 20 分鐘，就無法進入教室。

20 分以上遅れた_____は、教室に入ることができ
ません。

② （1秒後）➡ 影子跟讀法

味道怪怪的。我把鹽和糖加反了。

_____味がする。塩と砂糖を間違えた。

③ （1秒後）➡ 影子跟讀法

老師只有今天破例允許我睡晚一點。

先生は今日だけ_____に寝坊を許してくれた。

④ （1秒後）➡ 影子跟讀法

打翻了裝有果汁的杯子，把重要的文件弄髒了。

ジュースのコップが倒れて、_____書類が汚れて
しまった。

⑤ （1秒後）➡ 影子跟讀法

她沒和任何人商量就決定留學了。

彼女は誰にも_____ずに留学を決めた。

⑥ （1秒後）➡ 影子跟讀法

根據天氣預報說，7 點左右將開始下雪。

天気予報_____、7 時ごろから雪がふりだすそう
です。

⑦ （1秒後）➡ 影子跟讀法

④ 特別　　　⑤ 大事な　　　⑥ 相談せ　　　⑦ によると

16 □□□

あんな ▶ 連體 那樣地 ▶ あんな家に住みたい。
想住那種房子。 ▶

17 □□□

そんな ▶ 連體 那樣的 そんなことはない。
不會，哪裡。 ▶

15-5 理由、決定／
理由、決定 ♪

01 □□□

ため ▶ 名（表目的）為了；
（表原因）因為 病気のために休む。
因為生病而休息。 ▶

02 □□□

何故 ▶ 副 為什麼 何故わからないのですか。
為什麼不懂？ ▶

03 □□□

原因 ▶ 名 原因 原因はまだわからない。
原因目前尚未查明。 ▶

04 □□□

理由 ▶ 名 理由・原因 理由がある。
有理由。 ▶

參考答案 ① あんな ② そんな ③ ため

像那樣在冰上滑行，感覺一定很暢快吧。

＿＿＿＿＿＿＿ふうに氷の上を滑れたら、気持ちいいだろ
うなあ。

① （1秒後）➡ 影子跟讀法

我不會寫那麼難的漢字。

＿＿＿＿＿＿＿難しい漢字は書けません。

② （1秒後）➡ 影子跟讀法

為了垃圾減量，我購物時總是自備袋子。

ゴミを減らす＿＿＿＿＿＿＿に、買い物には自分の袋を持っ
て行く。

③ （1秒後）➡ 影子跟讀法

為什麼想搬家呢？

＿＿＿＿＿＿＿引っ越したいのですか。

④ （1秒後）➡ 影子跟讀法

事故的原因正在調查當中。

事故の＿＿＿＿＿＿＿を調査しているところです。

⑤ （1秒後）➡ 影子跟讀法

「為什麼你總是穿著黑色的衣服呢？」「沒什麼特別的理由。」

「どうしていつも黒い服を着ているんですか。」
「特に＿＿＿＿＿＿＿はありませんが。」

⑥ （1秒後）➡ 影子跟讀法

④ なぜ　　⑤ 原因　　⑥ 理由

05 □□□

訳^{わけ}
▶ 图 原因，理由；意思

訳^{わけ}が分^わかる。
知道意思；知道原因；明白事理。 ▶

06 □□□

正^{ただ}しい
▶ 形 正確；端正

正^{ただ}しい答^{こた}えを選^{えら}ぶ。
選擇正確的答案。 ▶

07 □□□

合^あう
▶ 自五 合；一致，合適；相配；符合；正確

話^{はな}しが合^あう。
談話很投機。 ▶

08 □□□

必要^{ひつよう}
▶ 图・形動 需要

必要^{ひつよう}がある。
有必要。 ▶

09 □□□

宜^{よろ}しい
▶ 形 好，可以

どちらでもよろしい。
哪一個都好，怎樣都行。 ▶

10 □□□

無理^{むり}
▶ 形動 勉強；不講理；逞強；強求；無法辦到

無理^{むり}を言^いうな。
別無理取鬧。 ▶

11 □□□

駄目^{だめ}
▶ 图 不行；沒用；無用

英語^{えいご}はだめだ。
英語很差。 ▶

參考答案　❶ わけ　　❷ 正^{ただ}しい　　❸ 合^あう

從開始打高爾夫球都已經 7 年了，到現在還是完全沒有進步，到底是什麼原因呢？

ゴルフを始めて 7 年にもなるのに、全然うまくなら
ないのはどういう_____だろう。

① （1秒後）➡ 影子跟讀法

選項中的正確答案是 2。

選択肢の中では 2 が_____。

② （1秒後）➡ 影子跟讀法

以下哪一項和女士說的意思相同？

女の人の話に_____のはどれですか。

③ （1秒後）➡ 影子跟讀法

為了學到會，練習是必須的。

できるようになるためには、練習することが_____だ。

④ （1秒後）➡ 影子跟讀法

請問大約一小時後回電方便嗎？

こちらから 1 時間ぐらいあとでお電話を差し上げて
も_____でしょうか。

⑤ （1秒後）➡ 影子跟讀法

想把車子抬起來，不可能啦！

車を持ち上げるなんて、_____だよ。

⑥ （1秒後）➡ 影子跟讀法

不可以把車子停在大廈前面喔！

ビルの前は車を止めては_____なんですよ。

⑦ （1秒後）➡ 影子跟讀法

④ 必要　　⑤ よろしい　　⑥ 無理　　⑦ だめ

12 ☐☐☐

つもり ▶ ⑧ 打算；當作

かれ あ
彼に会うつもりはありま
せん。
不打算跟他見面。

13 ☐☐☐

き
決まる ▶ ⑥五 決定；規定；決定勝負

かい ぎ とお か き
会議は 10 日に決まった。
會議訂在 10 號。

14 ☐☐☐

はんたい
反対 ▶ ⑧·自サ 相反；反對

かれ い けん はんたい
彼の意見に反対する。
反對他的看法。

15-6 理解／
理解 ♩

01 ☐☐☐

けいけん
経験 ▶ ⑧·他サ 經驗，經歷

けいけん まな
経験から学ぶ。
從經驗中學習。

02 ☐☐☐

やく た
役に立つ ▶ ⑱ 有幫助，有用

に ほん ご やく た
日本語が役に立つ。
會日語很有幫助。

03 ☐☐☐

こと
事 ▶ ⑧ 事情

いちばんだい じ こと なん
一番大事な事は何ですか。
最重要的是什麼事呢？

参考答案　❶ つもり　　❷ 決まった　　❸ 反対

我不打算上大學，想去工作。

① 大学には進学せずに、就職する＿＿＿＿です。

（1秒後）➡ 影子跟讀法

在規定的時間以外，不准傾倒垃圾！

② ゴミを＿＿＿＿時間以外に出すな。

（1秒後）➡ 影子跟讀法

你反對他的看法的理由是什麼？

③ あなたが、彼の意見に＿＿＿＿する理由は何ですか。

（1秒後）➡ 影子跟讀法

旅途中得到了寶貴的經驗。

④ 旅行中、珍しい＿＿＿＿をしました。

（1秒後）➡ 影子跟讀法

假如有我幫得上忙的地方，請儘管告訴我喔。

⑤ 私でお＿＿＿＿ことがあったら、何でもおっしゃってくださいね。

（1秒後）➡ 影子跟讀法

我早餐通常吃麵包和蛋。

⑥ 朝ご飯は、パンとか卵とかを食べる＿＿＿＿が多い。

（1秒後）➡ 影子跟讀法

④ 経験　　　　⑤ 役に立てる　　　　⑥ こと

04 ☐☐☐

説明（せつめい）
▶ (名・他サ) 說明

説明（せつめい）がたりない。
解釋不夠充分。

05 ☐☐☐

承知（しょうち）
▶ (名・他サ) 知道，了解，同意；接受

キャンセルを承知（しょうち）しました。
您要取消，我知道了。

06 ☐☐☐

受ける（う）
▶ (自他下一) 接受，承接；受到；得到；遭受；接受；應考

検査（けんさ）を受（う）ける。
接受檢查。

07 ☐☐☐

構う（かま）
▶ (自他五) 在意，理會；逗弄

どうぞおかまいなく。
請別那麼張羅。

08 ☐☐☐

嘘（うそ）
▶ (名) 謊話；不正確

嘘（うそ）をつく。
說謊。

09 ☐☐☐

なるほど
▶ (感・副) 的確，果然；原來如此

なるほど、面白（おもしろ）い本（ほん）だ。
果然是本有趣的書。

10 ☐☐☐

変える（か）
▶ (他下一) 改變；變更

主張（しゅちょう）を変（か）える。
改變主張。

參考答案　① 説明（せつめい）　② 承知（しょうち）　③ 受ける（う）

稍早在電話裡報告的事在此向您說明。

電話でお話したことについてご＿＿＿＿＿いたします。

① （1秒後）➡ 影子跟讀法

請問上述條件您都同意嗎？

以上の条件を＿＿＿＿＿していただけますか。

② （1秒後）➡ 影子跟讀法

我每年都接受一次檢查。

年に1回、検査を＿＿＿＿＿ようにしています。

③ （1秒後）➡ 影子跟讀法

在這裡可以喝飲料沒關係。

ここで飲み物を飲んでも＿＿＿＿＿。

④ （1秒後）➡ 影子跟讀法

如果老是說謊，就會沒有朋友喔！

＿＿＿＿＿ばかりつくと、友達がいなくなるよ。

⑤ （1秒後）➡ 影子跟讀法

「他絕不是個壞人！」「有道理，你講的或許沒錯。」

「彼は、決して悪い人ではない。」「＿＿＿＿＿、君の言うとおりかもしれない。」

⑥ （1秒後）➡ 影子跟讀法

一聽到他的話，她臉色頓時變了。

彼の言葉を聞いて、彼女は顔色を＿＿＿＿＿。

⑦ （1秒後）➡ 影子跟讀法

④ かまいません ⑤ 嘘 ⑥ なるほど ⑦ 変えた

11 □□□

か
変わる

(自五) 變化，改變；奇
怪；與眾不同

いつも変^かわらない。
永不改變。

12 □□□

あっ

(感) 啊（突然想起、
吃驚的樣子）哎呀

あっ、わかった。
啊！我懂了。

13 □□□

おや

(感) 哎呀

おや、雨^{あめ}だ。
哎呀！下雨了！

14 □□□

うん

(感) 嗯；對，是；喔

うんと返事^{へんじ}する。
嗯了一聲作為回答。

15 □□□

そう

(感・副) 那樣，這樣；
是

本当^{ほんとう}にそうでしょうか。
真的是那樣嗎？

16 □□□

について

(連語) 關於

日本^{にほん}の風俗^{ふうぞく}についての本^{ほん}
を書^かく。
撰寫有關日本的風俗的書。

參考答案　　① 変^かわって　　② あっ　　③ おや

由於天氣驟然轉壞，因此取消了登山行程。

急に天気が_____きたので、山に登るのをやめた。

① （1秒後）➡ 影子跟讀法

啊，下雨了！我沒帶傘，怎麼辦？

_____、雨だ！どうしよう、傘がない。

② （1秒後）➡ 影子跟讀法

哎呀！原來是這個意思！

_____、こういうことか。

③ （1秒後）➡ 影子跟讀法

「教授，請問您明天會到學校嗎？」「嗯，我明天也會來呀！」

「先生、明日は大学にいらっしゃいますか。」
「_____、明日も来るよ。」

④ （1秒後）➡ 影子跟讀法

他之所以那樣做，應該有某種理由。

彼が_____したのには、何か訳があるはずです。

⑤ （1秒後）➡ 影子跟讀法

大家很期待聽你說有關旅行的事。

みんなは、あなたが旅行_____話すことを期待しています。

⑥ （1秒後）➡ 影子跟讀法

④ うん　　⑤ そう　　⑥ について

01 □□□

かいわ
会話 ▶ 名・自サ 會話，對話
かいわ へた
会話が下手だ。
不擅長與人對話。

02 □□□

はつおん
発音 ▶ 名 發音
はつおん
発音がはっきりしている。
發音清楚。

03 □□□

じ
字 ▶ 名 字・文字
じ み
字が見にくい。
字看不清楚；字寫得難看。

04 □□□

ぶんぽう
文法 ▶ 名 文法
ぶんぽう あ
文法に合う。
合乎語法。

05 □□□

にっき
日記 ▶ 名 日記
にっき か
日記に書く。
寫入日記。

06 □□□

ぶんか
文化 ▶ 名 文化；文明
にほん ぶんか しょうかい
日本の文化を紹介する。
介紹日本文化。

07 □□□

ぶんがく
文学 ▶ 名 文學
ぶんがく あじ
文学を味わう。
鑑賞文學。

我英語會話的程度頂多只會問候。

_{えい ご} _{あいさつ}
英語は挨拶くらいの＿＿＿＿＿しかできない。

① （1秒後）➡ 影子跟讀法

有些詞句外國人很難發音，那就是最難學的部分。

_{がいこくじん} _{こと ば}
外国人には＿＿＿＿＿しにくい言葉があるので、そこがい
ちばん難しいです。

② （1秒後）➡ 影子跟讀法

書上不可以寫字。

_{ほん} _{なか} _か
本の中に＿＿＿＿＿を書いてはいけません。

③ （1秒後）➡ 影子跟讀法

這本書文法的說明雖然很清楚，但是字體太小了。

_{ほん} _{せつめい} _わ _じ
この本は＿＿＿＿＿の説明は分かりやすいが、字がちょっ
_{ちい}
と小さすぎる。

④ （1秒後）➡ 影子跟讀法

我已經持續寫日記長達 20 年了。

_{ねん} _か _{つづ}
もう 20 年も＿＿＿＿＿を書き続けている。

⑤ （1秒後）➡ 影子跟讀法

我想將日本文化介紹給全世界。

_{に ほん} _{せ かい} _{しょうかい} _{おも}
日本の＿＿＿＿＿を世界に紹介しようと思います。

⑥ （1秒後）➡ 影子跟讀法

因為我從小就喜歡看書，所以想進文學系就讀。

_こ _{ころ} _ぶ
子どもの頃から本が好きだったので、＿＿＿＿＿部に
_{すす} _{おも}
進みたいと思います。

⑦ （1秒後）➡ 影子跟讀法

④ _{ぶんぽう} 文法　　　　⑤ _{にっき} 日記　　　　⑥ _{ぶん か} 文化　　　　⑦ _{ぶんがく} 文学

08 □□□

しょうせつ
小説 ▶ ⑧ 小説

しょうせつ か
小説を書く。
寫小說。

09 □□□

テキスト ▶ ⑧ text，教科書

えい ご さが
英語のテキストを探す。
找英文教科書。

10 □□□

まん が
漫画 ▶ ⑧ 漫畫

ぜん かん まん が よ
全28巻の漫画を読む。
看全套共28集的漫畫。

11 □□□

ほんやく
翻訳 ▶ 名・他サ 翻譯

さくひん ほんやく
作品を翻訳する。
翻譯作品。

雖然這部小說很長，還是終於讀完了。

長い_____だけれど、とうとう読み終わった。

① （1秒後）➡ 影子跟讀法

請讀教科書的第 12 行。

_____の 12 行目を読んでください。

② （1秒後）➡ 影子跟讀法

摘下眼鏡後赫然是位美女──漫畫裡經常出現這樣的場景。

眼鏡を取ると美人、というのは、_____ではよく

あることです。

③ （1秒後）➡ 影子跟讀法

我的嗜好是翻譯喜歡的作家的作品。

私の興味は、好きな作家の作品を_____すること

です。

④ （1秒後）➡ 影子跟讀法

④ 翻訳

パート 16 第十六章 副詞、その他の品詞
副詞與其他品詞

16-1 時間副詞／時間副詞

01 ☐☐☐

急に ▶ 副 突然

温度が急に下がった。
温度突然下降。

02 ☐☐☐

これから ▶ 連語 接下來，現在起

これからどうしようか。
接下來該怎麼辦呢？

03 ☐☐☐

暫く ▶ 副 暫時，一會兒；好久

暫くお待ちください。
請稍候。

04 ☐☐☐

ずっと ▶ 副 更；一直

ずっと家にいる。
一直待在家。

05 ☐☐☐

そろそろ ▶ 副 快要；逐漸；緩慢

そろそろ帰ろう。
差不多該回家了吧。

06 ☐☐☐

偶に ▶ 副 偶爾

偶にゴルフをする。
偶爾打高爾夫球。

07 ☐☐☐

到頭 ▶ 副 終於

とうとう読み終わった。
終於讀完了。

鋼琴教室的學生忽然增加，達到了去年的兩倍。

① ピアノ教室の生徒さんが＿＿＿＿＿多くなって、去年の２倍になりました。

（1秒後）➡影子跟讀法

接下來要提醒在美術館裡參觀的注意事項。

② ＿＿＿＿＿美術館で注意してほしいことを言います。

（1秒後）➡影子跟讀法

和媽媽吵架後，有一段時間沒回家了。

③ 母とけんかをして、＿＿＿＿＿家に帰っていない。

（1秒後）➡影子跟讀法

已經整整下了一星期的雨。

④ １週間も＿＿＿＿＿雨が降っています。

（1秒後）➡影子跟讀法

已經長那麼大了，差不多該為未來打算了。

⑤ もういい歳なんだから、＿＿＿＿＿将来のことを考えなさい。

（1秒後）➡影子跟讀法

媽媽平常都很溫柔，但偶爾生氣的時候會變得非常可怕。

⑥ 母はいつも優しいが、＿＿＿＿＿怒るととても恐い。

（1秒後）➡影子跟讀法

耗費了一整年，終於把病治好了。

⑦ １年もかかったけど、＿＿＿＿＿治った。

（1秒後）➡影子跟讀法

④ ずっと　　⑤ そろそろ　　⑥ たまに　　⑦ とうとう

08 ▢▢▢

久^{ひさ}しぶり ▶ (名・形動) 許久・隔了好久 ▶ 久^{ひさ}しぶりに食^たべた。
過了許久才吃到了。 ▶

09 ▢▢▢

先^まず ▶ (副) 首先・總之；大約；姑且 ▶ 痛^{いた}くなったら、まず薬^{くすり}を飲^のんでください。
感覺疼痛的話，請先服藥。 ▶

10 ▢▢▢

もう直^すぐ ▶ (副) 不久・馬上 ▶ もうすぐ春^{はる}が来^くる。
春天馬上就要到來。 ▶

11 ▢▢▢

やっと ▶ (副) 終於・好不容易 ▶ やっと問題^{もんだい}が分^わかる。
終於知道問題所在了。 ▶

12 ▢▢▢

急^{きゅう} ▶ (名・形動) 急迫；突然；陡 ▶ 急^{きゅう}な用事^{ようじ}で休^{やす}む。
因急事請假。 ▶

16-2 程度副詞／程度副詞 ♪

01 ▢▢▢

幾^{いく}ら…ても ▶ (名・副) 無論…也不… ▶ いくら説明^{せつめい}してもわからない。
無論怎麼說也不明白。 ▶

参考答案　❶ 久^{ひさ}しぶり　❷ まず　❸ もうすぐ

「叔叔，好久不見。」「真的好久不見呀，過得好嗎？」

「叔父さん、＿＿＿＿＿＿＿です。」「ほんとうに＿＿＿＿＿＿＿だね。
元気かい？」

① （1秒後）➡ 影子跟讀法

我早上起床第一件事就是去沖澡。

僕は、朝起きたら＿＿＿＿＿＿＿シャワーを浴びます。

② （1秒後）➡ 影子跟讀法

不吃快一點，可能一下子就會被吃光了喔！

早く食べないと、＿＿＿＿＿＿＿なくなるよ。

③ （1秒後）➡ 影子跟讀法

「中田先生，您身體還好嗎？」「託您的福，終於康復了。」

「中田さん、お体の具合はどうですか。」「ええ、
＿＿＿＿＿＿＿良くなりました。」

④ （1秒後）➡ 影子跟讀法

部長因為出了急事，今天不會進公司。

部長は＿＿＿＿＿＿＿用事で今日は出社しません。

⑤ （1秒後）➡ 影子跟讀法

就算再怎麼努力，辦不到的事就是辦不到。

＿＿＿＿＿＿＿がんばっ＿＿＿＿＿＿＿、無理なものは無理だ。

⑥ （1秒後）➡ 影子跟讀法

---

④ やっと　⑤ 急な　⑥ いくら、ても

239

02 □□□

いっぱい
一杯 ▸ (名・副) 一碗，一杯；充滿，很多

お腹いっぱい食べた。
吃得肚子飽飽的。

03 □□□

ずいぶん
随分 ▸ (副・形動) 相當地，超越一般程度；不像話

随分よくなった。
好很多。

04 □□□

すっかり ▸ (副) 完全，全部；已經

すっかり変わる。
徹底改變。

05 □□□

ぜんぜん
全然 ▸ (副) (接否定) 完全不…，一點也不…；非常

全然気にしていない。
一點也不在乎。

06 □□□

そんなに ▸ (副) 那麼，那樣

そんなに騒ぐな。
別鬧成那樣。

07 □□□

それ程
それ程 ▸ (副) 那麼地

それ程寒くない。
沒有那麼冷。

08 □□□

だいたい
大体 ▸ (副) 大部分；大致，大概

大体分かる。
大致理解。

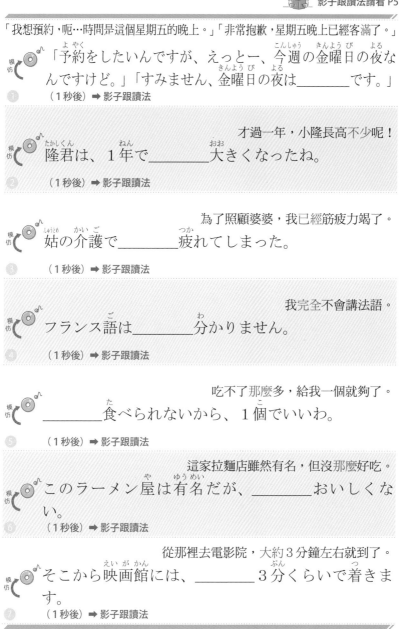

「我想預約，呃…時間是這個星期五的晚上。」「非常抱歉，星期五晚上已經客滿了。」

「予約をしたいんですが、えっとー、今週の金曜日の夜なんですけど。」「すみません、金曜日の夜は＿＿＿＿＿です。」

① （1秒後）➡ 影子跟讀法

才過一年，小隆長高不少呢！

隆君は、1年で＿＿＿＿＿大きくなったね。

② （1秒後）➡ 影子跟讀法

為了照顧婆婆，我已經筋疲力竭了。

姑の介護で＿＿＿＿＿疲れてしまった。

③ （1秒後）➡ 影子跟讀法

我完全不會講法語。

フランス語は＿＿＿＿＿分かりません。

④ （1秒後）➡ 影子跟讀法

吃不了那麼多，給我一個就夠了。

＿＿＿＿＿食べられないから、1個でいいわ。

⑤ （1秒後）➡ 影子跟讀法

這家拉麵店雖然有名，但沒那麼好吃。

このラーメン屋は有名だが、＿＿＿＿＿おいしくない。

⑥ （1秒後）➡ 影子跟讀法

從那裡去電影院，大約3分鐘左右就到了。

そこから映画館には、＿＿＿＿＿3分くらいで着きます。

⑦ （1秒後）➡ 影子跟讀法

④ 全然　　⑤ そんなに　　⑥ それほど　　⑦ だいたい

09 □□□

だいぶ
大分 ▶ 副 相當地

だいぶ あたた
大分暖かくなった。 ▶
相當暖和了。

10 □□□

ちっとも ▶ 副 一點也不…

つか
ちっとも疲れていない。 ▶
一點也不累。

11 □□□

で き
出来るだけ ▶ 副 盡可能地

じ ぶん
できるだけ自分のことは ▶
じ ぶん
自分でする。
盡量自己的事情自己做。

12 □□□

なかなか
中々
▶ 副・形動 超出想像；
頗，非常；（不）容
易；（後接否定）總
是無法

おもしろ
なかなか面白い。 ▶
很有趣。

13 □□□

なるべく ▶ 副 盡量，盡可能

じゃ ま
なるべく邪魔をしない。 ▶
盡量不打擾別人。

14 □□□

ばかり
▶ 副助 大約；光，淨；
僅只；幾乎要

み
テレビばかり見ている。 ▶
老愛看電視。

15 □□□

ひ じょう
非常に ▶ 副 非常，很

ひ じょう つか
非常に疲れている。 ▶
累極了。

參考答案 ① だいぶ ② ちっとも ③ できるだけ

怎麼了？看你好像身體很不舒服的樣子？

どうしたの。＿＿＿＿＿具合が悪そうだね。

① （1秒後）➡ 影子跟讀法

大家都說他很厲害，我卻一點都不覺得他厲害。

皆が彼はすごいと言うけど、私は＿＿＿＿＿すごいと思わない。

② （1秒後）➡ 影子跟讀法

我希望讓孩子盡量自己的事情自己做。

子どもには＿＿＿＿＿、自分のことは自分でさせたいと思っています。

③ （1秒後）➡ 影子跟讀法

晚上有時候會遲遲無法入睡。

夜、＿＿＿＿＿眠れないことがある。

④ （1秒後）➡ 影子跟讀法

今天要盡量早點回去喔！

今日は＿＿＿＿＿早く帰るよ。

⑤ （1秒後）➡ 影子跟讀法

別淨說那樣的話，打起精神來。

そんなこと＿＿＿＿＿言わないで、元気を出して。

⑥ （1秒後）➡ 影子跟讀法

這棟建築非常大。

この建物は＿＿＿＿＿大きい。

⑦ （1秒後）➡ 影子跟讀法

④ なかなか　⑤ なるべく　⑥ ばかり　⑦ 非常に

16 □□□

べつ
別に

▶ 副 分開；額外；除外；
（後接否定）（不）
特別，（不）特殊

べつ　　よてい
別に予定はない。

沒什麼特別的行程。　▶

17 □□□

ほど
程

▶ 名·副助 比較的基準…；
的程度；限度；越…
越…

みっか　　　　たか　　ねっ　　つづ
３日ほど高い熱が続く。

連續高燒約３天。

18 □□□

ほとん
殆ど

▶ 名·副 大部份；幾乎

ほとん　　い み
殆ど意味がない。

幾乎沒有意義。　▶

19 □□□

わりあい
割合に

▶ 副 比較地；雖然…但是

ね だん　　わりあい
値段の割合にものが良い。

照價錢來看東西相對是不錯的。　▶

20 □□□

じゅうぶん
十分

▶ 副·形動 充分，足夠

じゅうぶん　　やす
十分に休む。

充分休息。　▶

21 □□□

もちろん

▶ 副 當然

ただ
もちろんあなたは正しい。

當然你是對的。　▶

22 □□□

やはり

▶ 副 依然・仍然

こ　　　　　　　　　　　こ
子どもはやはり子どもだ。

小孩終究是小孩。　▶

参考答案　❶ 別に　　❷ ほど　　❸ ほとんど

姐姐雖不特別漂亮，但大家都喜歡她。

姉は＿＿＿＿美人ではないけれど、みんなに好かれる。

① （1秒後）➡ 影子跟讀法

沒有任何花能像櫻花這樣廣受日本人的喜愛。

桜＿＿＿＿日本人に愛されている花はありません。

② （1秒後）➡ 影子跟讀法

考題幾乎都不會寫。

テストは＿＿＿＿分からなかった。

③ （1秒後）➡ 影子跟讀法

他雖然年輕，但言談舉止非常穩重。

若いが＿＿＿＿しっかりしている。

④ （1秒後）➡ 影子跟讀法

現在出門的話，距離兩點開會還有相當充裕的時間喔。

今出れば、2時の会議に＿＿＿＿間に合いますよ。

⑤ （1秒後）➡ 影子跟讀法

「下次可以到府上玩嗎？」「當然可以，非常歡迎！」

「今度お宅に遊びに行ってもいいですか。」「＿＿＿＿。大歓迎ですよ。」

⑥ （1秒後）➡ 影子跟讀法

比起影集，還是看原著小說更有想像空間。

ドラマより、＿＿＿＿元の小説のほうが、いろいろ想像することができていいです。

⑦ （1秒後）➡ 影子跟讀法

④ 割合に　⑤ 十分　⑥ もちろん　⑦ やはり

245

16-3 思考、状態副詞／
思考、狀態副詞 ♪

01 ☐☐☐

ああ ▸ 副 那樣 ▸ ああ言えばこう言う。
強詞奪理。 ▸

02 ☐☐☐

確か _{たし} ▸ 形動・副 確實，可靠；大概 ▸ 確かな数を言う。
說出確切的數字。

03 ☐☐☐

必ず _{かなら} ▸ 副 一定，務必，必須 ▸ かならず来る。
一定會來。 ▸

04 ☐☐☐

代わり _か ▸ 名 代替，替代；補償，報答；續（碗、杯等） ▸ 代わりの物を使う。
使用替代物品。 ▸

05 ☐☐☐

きっと ▸ 副 一定，務必 ▸ きっと来てください。
請務必前來。 ▸

06 ☐☐☐

決して _{けっ} ▸ 副（後接否定）絕對（不） ▸ 彼は決して悪い人ではない。
他絕不是個壞人。 ▸

07 ☐☐☐

こう ▸ 副 如此；這樣，這麼 ▸ こうなるとは思わなかった。
沒想到會變成這樣。 ▸

参考答案　　❶ ああ　　❷ 確か _{たし} 　　❸ 必ず _{かなら}

我可哥覺得那種衣服很有型。

兄は、_____いう服が格好いいと思っている。

① （1秒後）➡ 影子跟讀法

她真的會準時到達嗎？

彼女が時間通りに来るのは_____ですか。

② （1秒後）➡ 影子跟讀法

一天３餐都要吃蔬菜喔！

野菜は_____１日３回食べましょう。

③ （1秒後）➡ 影子跟讀法

我沒辦法去，所以由別人代替我遞送文件。

私は行けませんので、_____の人が書類を送ります。

④ （1秒後）➡ 影子跟讀法

只要是讀醫學的人，頭腦一定都很聰明吧！

医学を勉強した人なら、_____頭がいいでしょう。

⑤ （1秒後）➡ 影子跟讀法

這扇窗請絕對不要打開。

この窓は_____開けないでください。

⑥ （1秒後）➡ 影子跟讀法

「おおやま請寫為大山。」「了解，是這兩個字沒錯吧？」

「おおやまは大きい山と書いてください。」「分かりました。_____ですね。」

⑦ （1秒後）➡ 影子跟讀法

④ 代わり　　⑤ きっと　　⑥ 決して　　⑦ こう

247

08 □□□

<u>しっか</u>
確り ▶ (副・自サ) 紮實；堅固；可靠；穩固 ▶ しっかり覚える。
牢牢地記住。 ▶

09 □□□

<u>ぜ ひ</u>
是非 ▶ (副) 務必；好與壞 ▶ ぜひおいでください。
請一定要來。

10 □□□

<u>たと</u>
例えば ▶ (副) 例如 ▶ これは例えばの話だ。
這只是個比喻而已。 ▶

11 □□□

<u>とく</u>
特に ▶ (副) 特地‧特別 ▶ 特に用事はない。
沒有特別的事。 ▶

12 □□□

はっきり ▶ (副) 清楚；明確；爽快；直接 ▶ はっきり（と）見える。
清晰可見。 ▶

13 □□□

<u>も</u>
若し ▶ (副) 如果，假如 ▶ もし雨が降ったら中止する。
如果下雨的話就中止。 ▶

那邊的椅子不如這邊的椅子來得堅固。

そっちの椅子はこっちの椅子ほど_____していない。

① （1秒後）➡ 影子跟讀法

這本書很好看喔，請一定要閱讀！

この本、面白いですよ。_____読んでみてください。

② （1秒後）➡ 影子跟讀法

以水果來說，例如橘子、蘋果、香蕉等都有販售。

果物でしたら、_____みかん、りんご、バナナなども売っています。

③ （1秒後）➡ 影子跟讀法

「老師，您哪裡不舒服嗎？」「目前沒有特別不舒服的地方呀。」

「先生、どこが悪いんですか。」「今のところは_____悪いところはありませんよ。」

④ （1秒後）➡ 影子跟讀法

不願意的話最好明確拒絕。

嫌なら_____断ったほうがいい。

⑤ （1秒後）➡ 影子跟讀法

萬一感覺疼痛，請先服藥。

_____痛くなったら、まず薬を飲んでください。

⑥ （1秒後）➡ 影子跟讀法

④ 特に　　⑤ はっきり　　⑥ もし

249

01 □□□

すると ▸ (接續) 於是；這樣一來 ▸ すると急にまっ暗になった。
突然整個變暗。 ▸

02 □□□

それで ▸ (接續) 後來，那麼 ▸ それでどうした。
然後呢？ ▸

03 □□□

それに ▸ (接續) 而且，再者 ▸ 晴れだし、それに風もない。
晴朗而且無風。 ▸

04 □□□

だから ▸ (接續) 所以，因此 ▸ だから友達がたくさんいる。
正因為那樣才有許多朋友。 ▸

05 □□□

又は ▸ (接續) 或者 ▸ 鉛筆またはボールペンを使う。
使用鉛筆或原子筆。 ▸

06 □□□

**けれど・
けれども** ▸ (接助) 但是 ▸ 読めるけれども書けません。
可以讀但是不會寫。 ▸

07 □□□

置き ▸ (接尾) 每隔… ▸ 1ヶ月おきに来る。
每隔一個月會來。 ▸

我送了她一束花，然後她莞然一笑。

僕 は彼女 に花 をあげました。＿＿＿＿＿、彼女 はにっこり微笑 みました。

① （1秒後）➡ 影子跟讀法

最近戒菸了，身體也跟著變好了。

最近 、タバコをやめました。＿＿＿＿＿体調 がよくなりました。

② （1秒後）➡ 影子跟讀法

這間房子很值得買喔！不但剛剛蓋好，而且價格便宜。

この家 はお買 い得 だよ。新 しいし、＿＿＿＿＿安 い。

③ （1秒後）➡ 影子跟讀法

已經傍晚了，（所以）算你便宜一點吧！

もう夕方 ＿＿＿＿＿、安 くしておくよ。

④ （1秒後）➡ 影子跟讀法

請用黑色或是藍色的原子筆填寫。

黒 ＿＿＿＿＿青 のペンで記入 してください。

⑤ （1秒後）➡ 影子跟讀法

雖然去了海邊，但由於浪太高而沒有辦法游泳。

海 へ行 った＿＿＿＿＿、波 が高 くて泳 げなかった。

⑥ （1秒後）➡ 影子跟讀法

這種藥請每隔6小時服用。

この薬 は6時間 ＿＿＿＿＿に飲 んでください。

⑦ （1秒後）➡ 影子跟讀法

④ だから　⑤ または　⑥ けれども　⑦ おき

251

08 □□□

月 _{がつ}
▸ 接尾 …月
▸ ７月に日本へ行く。_{がつ にほん い}
７月要去日本。
▸

09 □□□

会 _{かい}
▸ 名 …會，會議
▸ 音楽会へ行く。_{おんがくかい い}
去聽音樂會。
▸

10 □□□

倍 _{ばい}
▸ 名・接尾 倍，加倍
▸ ３倍になる。_{ばい}
變成３倍。
▸

11 □□□

軒・軒 _{けん げん}
▸ 接尾 …間，…家
▸ 右から３軒目がホテルです。_{みぎ げん め}
從右數來第３間是飯店。
▸

12 □□□

ちゃん
▸ 接尾 （表親暱稱謂）小…
▸ 健ちゃん、ここに来て。_{けん き}
小健，過來這邊。
▸

13 □□□

君 _{くん}
▸ 接尾 君
▸ 山田君が来る。_{やまだ くん く}
山田君來了。
▸

14 □□□

様 _{さま}
▸ 接尾 先生，小姐
▸ こちらが木村様です。_{きむらさま}
這位是木村先生。
▸

參考答案　❶ 月_{がつ}　❷ 会_{かい}　❸ 倍_{ばい}

依照傳統風俗，會在 1 月 7 日這天吃「七草粥」。

1 _____ 7 日には、「七草がゆ」を食べることに
なっています。

① （1秒後）➡ 影子跟讀法

為了在大賽中獲勝，每天勤於練習。

大_____で優勝するために、毎日練習していま
す。

② （1秒後）➡ 影子跟讀法

10 的 2 倍是 20。

10 の 2 _____は 20 です。

③ （1秒後）➡ 影子跟讀法

東旅館就在過橋後右邊的第 3 家喔。

東ホテルは、橋を渡って右から 3 _____目です
よ。

④ （1秒後）➡ 影子跟讀法

啊，小健，你要去哪裡？

あ、けん_____、どこに行くの？

⑤ （1秒後）➡ 影子跟讀法

既然有山田君在，你可以休假無妨。

山田_____がいるから、君は休んでもいいだろ
う。

⑥ （1秒後）➡ 影子跟讀法

送了茶水給客人。

お客_____にお茶をお出ししました。

⑦ （1秒後）➡ 影子跟讀法

④ 軒　　⑤ ちゃん　　⑥ 君　　⑦ 様

15 □□□

め
…目 ▶ 接尾 第…

ぎょう め み
2行目を見てください。
請看第2行。

16 □□□

か
家 ▶ 名・接尾 …家；家族，
家庭；從事…的人

りっぱ おんがく か
立派な音楽家になった。
成了一位出色的音樂家。

17 □□□

しき
式 ▶ 名・接尾 儀式，典禮；
方式；樣式；算式，
公式

そつぎょうしき い
卒業式へ行く。
去參加畢業典禮。

18 □□□

せい
製 ▶ 名・接尾 …製

タイワンせい くつ か
台湾製の靴を買う。
買台灣製的鞋子。

19 □□□

だい
代 ▶ 名・接尾 世代；（年齡
範圍）…多歲；費用

じゅうだい わかもの おお
十代の若者が多い。
有許多10幾歲的年輕人。

20 □□□

だ
出す ▶ 接尾 開始…

かのじょ な だ
彼女が泣き出す。
她哭了起來。

21 □□□

にく
難い ▶ 接尾 難以，不容易

くすり にが の
薬は苦くて飲みにくい。
藥很苦很難呑嚥。

倒數第2個男人，是不是常常上電視的那個人呀？

あの後ろから2番_____の男の人、よくテレビに出てる人じゃない？

① （1秒後）➡ 影子跟讀法

他成了一位出色的政治家。

彼は立派な政治_____になった。

② （1秒後）➡ 影子跟讀法

在小學的入學典禮上，每個孩子看起來都很開心呢。

小学校の入学_____で、子どもたちは皆嬉しそうだ。

③ （1秒後）➡ 影子跟讀法

日本製的汽車出口到亞洲各國，甚至遠至非洲。

日本_____の車はアジア諸国から、遠いアフリカまで輸出されている。

④ （1秒後）➡ 影子跟讀法

我們家族從爺爺那一輩就住在這座村子裡了。

私の家族は、祖父の_____からこの村に住んでいる。

⑤ （1秒後）➡ 影子跟讀法

一到家，便開始下起雨來了。

うちに着くと、雨が降り_____。

⑥ （1秒後）➡ 影子跟讀法

如果不方便吃，請用湯匙。

食べ_____ければ、スプーンを使ってください。

⑦ （1秒後）➡ 影子跟讀法

④ 製　　⑤ 代　　⑥ だした　　⑦ 難

22 □□□

やすい ▶ 接尾 容易… ▶ わかりやすく話す。
説得簡單易懂。 ▶

23 □□□

過ぎる ▶ 自上一 超過；過於；經過 接尾 過於… ▶ 50歳を過ぎる。
過了50歳。 ▶

24 □□□

御 接頭 貴（接在跟對方有關的事物、動作的漢字詞前）表示尊敬語、謙讓語 ご主人によろしく。
請代我向您先生問好。 ▶

25 □□□

ながら ▶ 接助 一邊…・同時… ▶ ご飯を食べながらテレビを見る。
邊吃飯邊看電視。 ▶

26 □□□

方 ▶ 接尾 …方法 ▶ 作り方を学ぶ。
學習做法。 ▶

16-5 尊敬語、謙譲語／尊敬語、謙譲語 ♪

01 □□□

いらっしゃる ▶ 自五 來・去・在（尊敬語） 先生がいらっしゃった。
老師來了。 ▶

参考答案　① やすい　② すぎて　③ ご

這輛自行車騎起來很輕鬆。

この自転車は、乗り＿＿＿＿＿です。

① （1秒後）➡ 影子跟讀法

新的詞彙太多，怎麼樣都沒辦法全部背下來。

新しい言葉が多＿＿＿＿＿、どうしても全部覚えることができない。

② （1秒後）➡ 影子跟讀法

恭喜尊夫君就任總經理！

＿＿＿＿＿主人の社長就任、おめでとうございます。

③ （1秒後）➡ 影子跟讀法

小孩哭著跑過來。

子どもが、泣き＿＿＿＿＿走ってきた。

④ （1秒後）➡ 影子跟讀法

終於學會了智慧型手機的操作方式。

やっとスマホの使い＿＿＿＿＿が分かってきました。

⑤ （1秒後）➡ 影子跟讀法

前往大森的乘客請在中山站換車。

大森へ＿＿＿＿＿方は、中山駅で乗り換えてください。

⑥ （1秒後）➡ 影子跟讀法

④ ながら　　　⑤ 方　　　⑥ いらっしゃる

257

02 □□□

おいでになる ▶ （他五）來・去・在・光臨・駕臨（尊敬語）

▶ よくおいでになりました。
難得您來，歡迎歡迎。 ▶

03 □□□

ご存知 ▶ （名）您知道（尊敬語）

▶ いくらかかるかご存知ですか。
您知道要花費多少錢嗎？ ▶

04 □□□

ご覧になる ▶ （他五）看，閱讀（尊敬語）

展覧会をごらんになりましたか。
您看過展覽會了嗎？ ▶

05 □□□

なさる ▶ （他五）做（「する」的尊敬語）

高橋様ご結婚なさるのですか。
高橋小姐要結婚了嗎？ ▶

06 □□□

召し上がる ▶ （他五）吃・喝（「食べる」、「飲む」的尊敬語）

コーヒーを召し上がってください。
請喝咖啡。 ▶

07 □□□

致す ▶ （自他五・補動）（「する」的謙恭說法）做，辦；致；有…，感覺…

私がいたします。
由我來做。 ▶

08 □□□

頂く・戴く ▶ （他五）領受；領取；吃・喝；頂

遠慮なくいただきます。
那我就不客氣拜領了。 ▶

參考答案　❶ おいでになりました　❷ ご存知　❸ ご覧になった

議員先生已經蒞臨了。

先生はもう＿＿＿＿＿＿＿＿。

① （1秒後）➡ 影子跟讀法

我想您應該知道，最近蔬菜的價格非常昂貴。

＿＿＿＿＿＿かと思いますが、最近、野菜がとても高いです。

② （1秒後）➡ 影子跟讀法

此封郵件過目之後，盼能覆信。

メールを＿＿＿＿＿＿後、ご返信いただけると幸いです。

③ （1秒後）➡ 影子跟讀法

石川小姐要結婚了嗎？恭喜恭喜！

石川様ご結婚＿＿＿＿＿のですか。おめでとうございます。

④ （1秒後）➡ 影子跟讀法

老師，這個請您享用。

先生、これ、どうぞ＿＿＿＿＿＿ください。

⑤ （1秒後）➡ 影子跟讀法

敬告各位貴賓，昨天新車站已經落成了。

お客様にお知らせ＿＿＿＿＿。昨日、新しい駅ができました。

⑥ （1秒後）➡ 影子跟讀法

承蒙詳細告知，這樣我清楚了。

丁寧に教えて＿＿＿＿＿、よく分かりました。

⑦ （1秒後）➡ 影子跟讀法

④ なさる　　⑤ 召し上がって　　⑥ いたします　　⑦ いただいて

09 □□□

うかが
伺う ▶ 他五 拜訪；請教，打聽（謙讓語）

あした　たく　うかが
明日お宅に伺います。
明天到府上拜訪您。 ▶

10 □□□

おっしゃる ▶ 他五 說，講，叫

せんせい
先生がおっしゃいました。
老師說了。 ▶

11 □□□

くだ
下さる ▶ 他五 給，給予（「くれる」的尊敬語）

せんせい　き
先生が来てくださった。
老師特地前來。

12 □□□

さ　あ
差し上げる ▶ 他下一 給（「あげる」的謙讓語）

これをあなたに差し上げます。
這個奉送給您。 ▶

13 □□□

はいけん
拝見 ▶ 名・他サ 看，拜讀

て　がみはいけん
お手紙拝見しました。
已拜讀貴函。 ▶

14 □□□

まい
参る ▶ 自五 來，去（「行く」、「来る」的謙讓語）；認輸；參拜

まい
ただいま参ります。
我馬上就去。 ▶

15 □□□

もう　あ
申し上げる ▶ 他下一 說（「言う」的謙讓語）

れい　もう　あ
お礼を申し上げます。
向您致謝。 ▶

昨天到總經理家拜訪。

昨日、社長のお宅に＿＿＿＿＿＿＿。

① （1秒後）➡ 影子跟讀法

老師說了下星期要考試。

来週試験をすると先生は＿＿＿＿＿＿。

② （1秒後）➡ 影子跟讀法

老師也來為我的網球比賽加油了。

先生もテニスの試合の応援に来て＿＿＿＿＿。

③ （1秒後）➡ 影子跟讀法

星期天打完高爾夫球之後，開車將總經理送到了家門口。

日曜日、ゴルフの帰りに車で社長をご自宅まで送って＿＿＿＿＿。

④ （1秒後）➡ 影子跟讀法

已經拜讀了剛才的來函。

先ほどのメールを＿＿＿＿＿いたしました。

⑤ （1秒後）➡ 影子跟讀法

因為經理生病了，所以由我代理前往。

部長が病気のため、私が＿＿＿＿＿。

⑥ （1秒後）➡ 影子跟讀法

我最想申明的是，那只不過是謠言而已。

私が一番＿＿＿＿＿ことは、それはあくまでも噂だということです。

⑦ （1秒後）➡ 影子跟讀法

④ さしあげた　⑤ 拝見　⑥ 参りました　⑦ 申し上げたかった

単
語
帳

16 ☐☐☐

もう
申す

(他五) 說・叫（「言う」的謙讓語）；する的謙讓語（可以不翻譯）

わたし やまだ もう
私は山田と申します。

我叫山田。

17 ☐☐☐

ございます

(特殊形) 是・在（「ある」、「あります」的鄭重說法表示尊敬）

おめでとうございます。

恭喜恭喜。

18 ☐☐☐

でございます

(自・特殊形) 是（「だ」、「です」、「である」的鄭重說法）

やまだ さんぎょう かとう
山田産業の加藤でございます。

我是山田產業的加藤。

19 ☐☐☐

お
居る

(自五) 在，存在；有（「いる」的謙讓語）；正在…；了（動作完成）

しゃちょう いま
社長は今おりません。

社長現在不在。

20 ☐☐☐

ぞん あ
存じ上げる

(他下一) 知道（自謙語）

な まえ ぞん あ
お名前は存じ上げております。

久仰大名。

参考答案　❶ 申し　❷ ございます　❸ でございます

こんにちは。

（1秒後）こんにちは。

今後也敬請多多指教。

今後ともどうぞよろしくお願い＿＿＿＿上げます。

1　（1秒後）➡ 影子跟讀法

本公司的新產品在這邊。

こちらに当社の新製品が＿＿＿＿。

2　（1秒後）➡ 影子跟讀法

店員說：「這是非常高級的葡萄酒。」

店員は、「こちらはたいへん高級なワイン＿＿＿＿。」
と言いました。

3　（1秒後）➡ 影子跟讀法

總經理目前外出中。

社長はただいま、出かけて＿＿＿＿。

4　（1秒後）➡ 影子跟讀法

久仰老師大名。

先生のことは前から＿＿＿＿おります。

5　（1秒後）➡ 影子跟讀法

4　おります　　5　存じ上げて

263

【實用日語 18】

影子跟讀法
N4 日語單字
自信完美發音
地方腔OUT，東京腔IN！
填空測驗、串聯成句，助你單字庫爆滿！

■ 發行人／林德勝

25K+ QR-Code 線上音檔

■ 著者／吉松由美、田中陽子、西村惠子、千田晴夫、
　　　　林勝田、山田社日檢題庫小組合著

■ 出版發行／山田社文化事業有限公司
　　地址　臺北市大安區安和路一段112巷17號7樓
　　電話　02-2755-7622　02-2755-7628
　　傳真　02-2700-1887

■ 郵政劃撥／19867160號　大原文化事業有限公司

■ 總經銷／聯合發行股份有限公司
　　地址　新北市新店區寶橋路235巷6弄6號2樓
　　電話　02-2917-8022
　　傳真　02-2915-6275

■ 印刷／上鎰數位科技印刷有限公司

■ 法律顧問／林長振法律事務所　林長振律師

■ 書+QR碼／定價　新台幣 345元

■ 初版／2024年 12月

日語英語學習

線上下載
朗讀音檔